KB114234

내 손끝의 탑스타

내 손끝의 탑스타 16

박꼴 장편소설

초판 1쇄 찍은 날 § 2019년 1월 7일
초판 1쇄 펴낸 날 § 2019년 1월 14일

지은이 § 박꼴
펴낸이 § 서경석

총괄팀장 § 최하나
편집책임 § 신보라
디자인 § 신현아

펴낸곳 § 도서출판 청어람
등록번호 § 제387-1999-000006호
등록일자 § 1999. 5. 31
어람번호 § 제1-2991호

주소 § 경기도 부천시 부일로 483번길 40 서경B/D 3F (우) 14640
전화 § 032-656-4452 팩스 § 032-656-4453
http://www.chungeoram.com
E-mail § chungeorambook@daum.net

ISBN 979-11-04-91911-4 04810
ISBN 979-11-04-91513-0 (세트)

박꼴 장편소설

FUSION FANTASTIC STORY

내 손끝의 탑스타

16

도서출판 청어람

Contents

1장

외전1 - 신현우 편

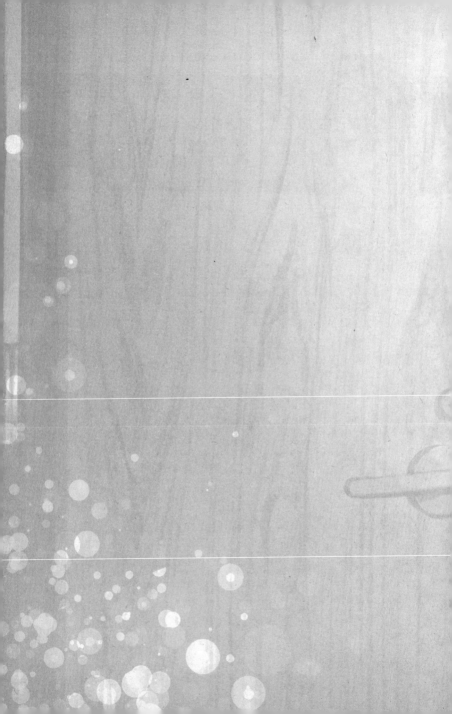

"아빠."

막내딸 신지선의 목소리가 주방에 울려 퍼졌다. 앞치마 차림으로 저녁 준비를 하고 있던 신현우가 잠시 일손을 멈추고 고개를 돌렸다.

신현우의 눈동자가 신지선을 담았다. 몇 년 전만 하더라도 생사를 오고갔던 막내딸이 이제는 건강을 모두 회복해 있었다. 신현우의 입가에 작은 미소가 지어졌다.

"……"

반면 신지선은 표정이 어두웠다. 잠시 신지선의 안색을 살피던 신현우가 팔짱을 꼈다. 감정 표현이 익숙한 큰딸 신지혜와 다르게 신지선은 표현이 익숙하지 않은 아이였다.

좀처럼 보기 힘든 신지선의 어두운 표정에 신현우가 조용히 입을 열었다.

"지선아, 학교에서 무슨 일 있었어?"

올해 초등학교 5학년이 된 신지선이었다. 신지선이 신현우의 눈동자를 피하지 않고 도리도리 고개를 저었다.

"아니, 지혜 언니 동생이라고 친구들이 다 잘해줘."

"다행이구나."

신현우가 고개를 끄덕거렸다. 그런 다음에는 마저 저녁상을 차렸다.

두 부녀가 식탁을 사이에 두고 서로를 마주하고 앉았다.

"내가 할게."

신지선이 작은 손으로 반찬 통 뚜껑을 열었다. 그러더니 또 시무룩한 표정을 했다. 신지선의 눈길이 바닥을 드러내고 있는 반찬 통에 머물러 있었다.

딸아이의 표정을 살피던 신현우가 식탁에서 일어났다.

"고기라도 구워줄까, 지선아?"

"아빠……."

신지선의 낮은 음성에 냉장고 문을 열던 신현우가 우뚝 멈추어 섰다.

"요즘 이진이 선생님 왜 우리 집에 안 와?"

오랫동안 묵히고 묵혔던 질문이다. 신지선이 신현우의 눈치를 살피며 입술을 깨물었다.

"……."

신현우는 차마 할 말이 없었다. 가슴 한쪽이 답답하게 막혀왔다. 냉장고 안도 텅 비어 있었다. 텅 빈 냉장고 안을 들여다보니 괜히 이진이 작가의 얼굴이 떠올랐다.

신현우의 얼굴에 쓸쓸함이 걸렸다. 쓸쓸해 보이는 신현우의 모습에 신지선은 아차 싶었다. 엄마 안혜선이 가족들을 버리고 집을 나갔던 그때의 표정이 보였기 때문이다.

"아빠, 미안해. 다시는 그런 말 안 할게. 그러니까, 응?"

신현우가 말없이 다가와서 신지선을 와락 안았다. 어린 나이에 엄마를 잃었던 막내딸이다. 죄책감과 미안함이 몰려들었다.

"아냐, 아빠가 더 미안하다."

"아빠……."

"이진이 선생님이 그렇게 많이 보고 싶어?"

이진이 작가가 발길을 끊은 후부터 단 한 번도 그녀를 거론한 적이 없던 신현우였다. 신지선이 밝은 얼굴을 했다.

"응! 아주 많이!"

"그래. 그럼 아빠가 이진이 선생님을 만나게 해줄게."

"진짜?"

"그래."

신현우가 신지선의 머리를 어루만지며 약속을 했다. 신지선이 밝은 얼굴만큼이나 예쁜 미소를 지었다.

"……."

그 모습을 내려다보며 신현우가 작게 한숨을 삼켰다.

*　　　*　　　*

자갈이 깔린 허름한 포장마차 안, 자그마한 원형 플라스틱 테이블 위에 소주 한 병, 그리고 우동 한 그릇이 놓여 있었다.

비어 있던 소주잔에 쪼르르 소주가 채워졌다. 콧수염을 멋들어지게 기른 40대 후반의 중년 남자가 신현유를 쳐다보고 있었다.

"그러니까, 지선이한테 이 작가 선생을 만나러 가자고 약속을 했다고?"

"응, 형."

"너 미친놈이냐?"

한때는 신현우의 매니저였던 이정철이 혀를 찼다. 신현우가 픽 웃으며 소주잔을 입으로 가져갔다.

"지금 웃음이 나와?"

"형."

소주잔을 비워낸 신현우가 이정철을 불렀다.

"뭐, 인마?"

"지선이랑 한 약속, 지켜야겠지?"

"당연하지. 지선이가 지혜한테 벌써 말을 했을 텐데, 너 지선이는 몰라도 지혜가 가만히 있을 거 같아? 요즘 어울림에서도 지혜 말이면 다들 쩔쩔맨다며? 지혜 성격에 벌써 이 작가 선생 만난다고 난리 났을 거다."

"후우."

신현우가 고개를 들고는 길게 한숨을 내쉬었다. 한숨과 함께 알싸한 알코올 향이 사방으로 퍼져 나갔다.

숨죽여 신현우를 훔쳐보고 있던 포장마차 안의 손님들이 그 모습에 감탄을 내뱉었다.

반면 진한 알코올 향에 이정철은 잔뜩 얼굴을 찌푸렸다.

"너 말이야. 왕년의 패기 넘치던 불꽃 락커 신현우는 어디 갔냐? 이 작가, 좋은 여자잖아. 마음 따듯하고 요즘 보기 드문 아가씨라고. 지선이랑 지혜도 잘 따르고 너도 이제 자리도 잡았겠다, 왜 선을 긋고 있는 건데? 대체 뭐가 문제야?"

"……"

신현우와 이진이 작가와의 관계는 묘하고도 애매모호했다.

수년 전 신지선이 병원에서 투병 생활을 할 때 옆에서 딸아이들을 돌봐주었던 사람이 바로 이진이 작가였다. 그리고 전처인 안혜선이 찾아왔을 때도 딸아이들을 지켜주었던 여자가 바로 이진이 작가였다.

신지선이 퇴원을 하고, 신현우와 신지혜가 바쁜 연예계 생활을 하는 동안에도 이진이 작가는 늘 주기적으로 신현우와 두 딸을 보살펴 주었다.

하지만 수년 동안 이어진 묘하고도 애매모호한 관계는 결국 신현우 본인이 선을 그음으로써 끝이 나고 말았다.

어울림 식구들도 그렇고 친형이나 마찬가지인 이정철도 흐지부지 끝나 버린 신현우와 이진이 작가의 관계를 상당히 아쉬워하고 있었다.

"왜 말이 없어, 자식아?"

"……."

이어지는 재촉에 신현우가 물끄러미 이정철을 응시했다. 우수에 젖은 눈동자와 조각 같은 외모가 낡은 조명 아래서 빛을 발했다.

이정철이 또 입을 열었다.

"얼굴값 좀 해라, 신현우."

신현우가 또 픽 웃어버렸다.

"형은 나 알잖아. 겉모습만 멀쩡한 놈이라는 거."

"그랬었지. 그런데 그 상처들 이제 다 아물지 않았냐?"

"……."

이정철의 묵직한 한마디에 신현우가 말없이 소주병을 잡았다. 이정철이 텅 비어 있는 소주잔을 바라보며 말을 이어갔다.

"언제까지 네 인생을 술로 위로할 건데? 한 잔의 술? 좋지. 그런데 그건 지금 이 순간뿐이라는 거 너도 알잖아."

"잘 알지."

"그런데도 이럴 거냐? 너 요즘 왜 이래? 하루하루 술에만 의존하고 살았던 옛날로 돌아가고 싶은 거냐? 엉?"

죽어 있는 신현우의 눈동자를 들여다보며 이정철이 살짝 언성을 높였다. 밤마다 혼자 포장마차를 찾아 술에 의존한다는 것을 이정철은 어울림의 실장인 최영진에게 들어 익히 알고 있었다.

지금의 모습도 어울림 사람들을 만나기 전, 한없이 어두웠던 딱 그때의 그 모습이었다.

"형은 행복하지?"

"나? 요즘은 살 만하지. 네가 어울림에서 잘나가고 또 지혜도 국민 소녀 아니냐? 그리고 네가 도와준 덕분에 우리 기획사도 슬슬 자리 잡아가고 있다."

"그럼 됐어."

신현우가 소주잔을 채우려 했다. 가만히 보고만 있던 이정철이 신현우를 제지했다.

"왜, 형?"

"네가 날 살렸으니까 나도 너 좀 살려야겠다. 신현우, 이 작가 선생 잡아."

"맑고 햇살 같은 여자야. 나랑은 달라."

"그러니까 잡으라고. 너같이 상처투성이인 놈한테는 맑고 햇살 같은 이 작가가 필요해."

"내가? …난 자격 없어."

신현우의 냉소적인 대답에 이정철이 주먹을 쥐었다. 그리고 소리쳤다.

"나약한 자식. 너 아직도 전처의 그늘에서 허우적거리고 있는 거냐?! 실패했던 네 결혼 생활이 그 여자 때문이냐?! 그래서 아무 죄도 없는 여자한테 그렇게 잔인하게 구는 거야!?"

"형이 뭘 알아?"

"뭘 아냐고? 다 안다! 이 자식아! 너 때문에 맑고 햇살 같은 여자가 벌써 4년 넘게 지독하게 마음고생하고 있다는 거! 그 황금 같은 시절을 너 하나 때문에 다 날리고 있다는 거! 네가 이렇게 술이나 마시면서 고민하고 또 고민하는 사이에 그 여자는 어땠을 것 같아? 이기적인 자식아!"

"……!"

머리에 망치라도 두드려 맞은 듯 신현우가 굳어버렸다.

불현듯 이진이 작가의 얼굴이 떠올랐다. 늘 햇살같이 밝기만 한 여자가 자신 때문에 하루하루 힘들 것이라는 생각은 미처 해본 적이 없었다.

"하하."

신현우가 헛웃음을 흘렸다. 흥분해 있던 이정철이 눈을 찌푸렸다.

"뭐야? 갑자기 왜 웃어?"

"이거 봐. 나는 내 아픔밖에 모르는 놈이라니까? 형? 그러니까 난 더 자격이 없어."

"이 자식이 진짜!"

이정철이 결국 신현우의 멱살을 잡았다. 머리 하나는 더 큰 신현우가 멱살을 잡힌 채 이정철을 내려다보았다.

"잘됐네. 진이 씨 대신에 한 대만 쳐줘, 형."

"……!"

이정철이 주먹을 쥔 채로 도끼눈을 했다. 그러다 신현우의 멱살을 풀었다. 털썩, 신현우가 힘없이 바닥으로 주저앉았다.

"형……."

"비겁한 새끼. 내가 아는 신현우는 기타로 꼰대 새끼 뒤통수는 깔지언정, 이렇게 비겁한 새끼는 아니었다."

"……."

"한 대 치기에도 아까운 자식이야, 너는. 그러니까 다시는 연락하지 마라. 옛날에 지혜랑 지선이 반찬값 하라고 줬던 5만원 있지? 너 이제 돈 많으니까 오늘 술은 네가 사. 간다."

"……."

이정철이 포장마차 문을 열고 사라졌다. 멍하니 뒷모습을 바라보고 있던 신현우가 그대로 바닥으로 누웠다.

*　　　*　　　*

얼마나 시간이 흘렀을까. 끼익, 포장마차 문이 열렸다. 두 눈을 감고 있던 신현우가 조용히 입을 열었다.

"간다며? 왜 왔어?"

"저, 전데요, 형님?"

익숙한 목소리였다. 신현우가 자갈 바닥에서 몸을 일으켰다. 갓 보이스의 멤버인 승호였다. 엉망진창으로 흐트러져 있는 신현우를 보며 승호가 한숨을 삼켰다.

"후우. 집 나온 신지혜 간신히 어울림에 인수인계하고 왔더니, 형님까지 왜 이러세요?"

승호가 울상을 지었다. 신지혜 가출 소동도 간신히 진압을 했는데 이젠 믿었던 신현우까지 고장이 나 있었다.

"일어나세요."

승호가 많이 취한 상태의 신현우를 부축해서 일으켰다. 신현우가 승호의 어깨에 의지해 포장마차를 나왔다.

"어떻게 알고 왔어?"

"어떻게 알기는요. 매일 여기 계시니까 저도 한잔하러 온 거였죠. 제가 왔으니까 다행이지, 사람들 몰렸으면 큰일 날 뻔했습니다."

"고맙다."

"고맙기는요. 일단 술 좀 깨죠."

승호가 신현우를 부축한 채로 길 건너 한적한 곳에 위치한 편의점으로 향했다. 다행히 늦은 시간대라 사람들이 없었다.

승호가 신현우를 편의점 앞 테이블 의자에 앉혔다.

"기다리세요. 숙취 음료 좀 사오겠습니다."

승호가 서둘러 편의점에서 대용량 숙취 해소 음료를 들고 나타났다. 그러고는 신현우에게 건넸다.

"……."

신현우가 단번에 숙취 해소 음료를 비워냈다. 살짝 정신이 들자 신현우가 승호의 어깨를 짚었다.

"지혜 무사히 데려다줘서 고맙다, 승호야."

"고생 좀 했죠. 이럴 줄 알았으면 차라리 군대를 갈 걸 그랬어요. 요즘 지혜 비위 맞추기가 여간 어려운 게 아니라니까요. 지혜가 군대를 가면 아마 최악의 선임이 될 겁니다."

승호가 피식 웃으며 말했다. 신현우도 승호의 농담에 픽 웃었다.

"……."

"……."

두 남자 사이에 잠시 침묵이 어렸다.

신현우는 의자에 기대어 밤하늘을 올려다보고 있었고, 승호는 의자에 양팔을 걸친 채로 텅 빈 거리를 아무 생각 없이 쳐다보고 있었다.

그러다 승호가 신현우 쪽으로 눈길을 돌렸다.

"지혜 때문에 그러시는 건 아닌 것 같은데요."

"요즘 사춘기이긴 하지만 지혜는 원래 착한 아이니까."

"여자… 문제죠?"

승호가 조심스레 물었다. 밤하늘을 올려다보고 있던 신현우가 고개를 내려 승호와 눈을 맞추었다.

"……."

대답은 없었지만 무언의 긍정이었다. 승호가 길게 한숨을 내쉬었다.

"후우… 사랑이란 거 남들은 쉽고 아름답다고 하는데, 형님이나 저 같은 놈한테는 더럽게 어렵고 힘드네요."

"……."

"제가 왜 바람둥이인 줄 아세요?"

"……."

"어렸을 때는 제가 그냥 여자를 좋아해서 바람둥이인 줄 알았어요. 근데 하나둘 나이를 먹고 나니까 깨닫게 되더라고요. 가정환경 탓인지 전 여자를 못 믿는 그런 놈이었어요. 그래서 두려웠나 봐요. 상대방이 내 진짜 모습을 보게 될까 봐요. 그래서 그렇게 많은 여자들을 밀어냈던 거 같아요. 겁을 먹어서요. 요즘에는 전에 만났던 여자들이 꿈에 나와요. 날 원망하고, 울고, 소리 지르고, 마음 아파하고. 그래서 여러모로 힘드네요. 지혜가 크는 모습을 지켜보는 낙이 없었다면 벌써 우울증이 오고도 남았을 겁니다."

"……."

"천하의 바람둥이 승호가 후회라니, 웃기지 않으세요?"

승호가 작게 웃었다. 그리고 계속해서 말을 이어갔다.

"전 자격이 없지만 형님은 자격이 있는 남자입니다. 지혜랑 지선이 아빠니까요. 천사 같은 아이들을 홀로 훌륭하게 키워 오셨잖아요. 이 정도면 그 자격 충분할 것 같은데요?"

"……."

"지혜가 저를 많이 바꿔줬듯이 이 작가님도 형님을 바꿀 수 있을 겁니다. 햇살 같은 여자, 놓치지 마세요. 언제까지 해가 떠 있는 건 아니니까요."

"…정철이 형이 연락했구나?"

신현우가 쓰게 웃었다. 멱살까지 잡고는 연을 끊겠다더니 걱정이 되어서 승호를 보낸 것 같다.

승호가 머리를 긁적였다.

"네, 뭐. 현우 형님이랑 태명 형님 못지않은 지독한 브로맨스에 감동을 해서 제가 오긴 했죠. 그럼 가볼게요. 내일 지선이 손잡고 이 작가님 찾아가세요."

신현우가 조용히 두 눈을 감았다. 아까부터 계속해서 이진이 작가의 얼굴이 아른거렸다.

"…보고 싶네."

늘 속으로만 중얼거리던 말을 밖으로 내뱉자 속이 후련했다. 그리고 신현우는 뒤늦게 확신이 들었다.

불꽃 락커 신현우가 이진이라는 여자를 분명히, 확실히 사랑한다고 말이다.

*　　　　*　　　　*

"시, 신현우다!"

"와~ 실물 미쳤어!"

MBS 방송국 복도가 신현우의 등장으로 소란스러워졌다.

"……."

그러거나 말거나 신현우는 표정의 변화가 없었다. 반면 신지선은 호기심 가득한 눈길로 방송국 이곳저곳을 둘러보고 있었다.

앞서 걷고 있던 신현우가 갑자기 멈추어 섰다. 신지선의 눈동자도 신현우의 등 너머 회의실 문 앞에서 멈추었다.

"히~"

그 순간 신지선의 얼굴이 환해졌다. 회의실 문에 '드라마 국제1 회의실'이라는 표지가 붙어 있었다.

"아빠?"

마음이 급한 신지선이 신현우의 손을 잡고 흔들었다. 신현우가 고개를 끄덕여 보였다. 그리고 깊게 숨을 들이마셨다.

"후우."

지난 3개월 동안 방송국에서도 마주친 적이 없는 그녀였다. 긴장되는 마음을 억누르며 신현우가 문을 두들겼다.

"네, 들어오세요."

"누가 또 와요, 진이 씨?"

문 너머에서 이진이 작가의 목소리뿐만 아니라 낯설고 굵은 음성도 함께 들려왔다. 왠지 모를 불안감에 신현우의 눈가가 가늘어졌다.

그사이 신지선이 얼른 회의실 문을 열었다. 회의실 문이 열리자 머리를 질끈 묶고 있는 이진이 작가와 낯선 남자의 모습이 시야로 들어왔다.

테이크아웃 커피를 각자 한 손에 든 채로 두 남녀가 대본을 사이에 두고 앉아 있었다.

"……."

화기애애한 분위기에 신현우의 얼굴이 굳어졌다가 빠르게 안정을 찾았다.

이진이 작가가 자리를 박차고 일어나며 눈을 크게 떴다.

"지선아? 아빠랑 같이 온 거였어?"

"응! 선생님 깜짝 놀라게 해주려고!"

신지선이 다다다 이진이 작가의 품으로 안겨들었다. 신지선을 품에 안은 채로 이진이 작가가 신현우를 쳐다보았다.

"……."

마치 낯선 이방인처럼 신현우가 회의실 문 앞에 우두커니 서 있기만 했다.

3개월 만의 재회였다. 수척한 안색의 신현우를 보자마자 이진이 작가는 마음 한편이 아릿했다.

하지만 차갑게 물든 신현우의 눈동자를 확인하자 괜히 화가 났다. 그에게 바랐던 건 평소와 같은 따스한 눈길이었다.

"바쁘실 텐데, 지선이 아버님은 왜 오신 거예요?"

자기도 모르게 낯설고 차가운 말이 쏟아졌다. 우두커니 서 있던 신현우가 마침내 걸음을 옮겨 이진이 작가의 앞에 섰다.

"돌려드리려고 왔습니다."

신현우가 손에 들고 있던 쇼핑백을 건넸다. 이진이 작가가 쇼핑백을 받아 들었다. 쇼핑백 안엔 깨끗하게 설거지가 되어 있는 반찬 통들이 보였다.

"……."

이진이 작가의 얼굴에 짙은 실망감이 어렸다. 이진이가 신현우를 올려다보았다.

3개월 만에 만난 신현우였다. 무표정하고 낯설어 보이는 그 모습이 왠지 서운했다.

그때였다. 조용히 상황을 관망하고 있던 남자가 이진이 작가와 신현우 사이로 끼어들었다.

"신현우 선배님 맞으시죠? 배우 진영묵이라고 합니다. 영광입니다."

이진이 작가의 앞을 가로막은 채로 진영묵이 손을 내밀었다.

"……."

신현우가 물끄러미 악수를 청하는 진영묵을 주시했다.

진영묵이라면 요즘 한창 TV에 나오며 주가를 올리고 있는 인기 배우였다.

"……."

신현우가 무표정으로 진영묵의 손을 맞잡았다. 한참이나 손을 흔든 후에 진영묵이 이진이 작가를 돌아보았다.

"진이 씨, 왜 나한테 신현우 선배님이랑 친분이 있다고 말안 했어요? 내가 진짜 팬이거든요. 서운한데요? 하하."

"미안해요, 영묵 씨. 제가 요즘 바빠서 정신이 없었어요."

진영묵에게 쩔쩔매는 이진이 작가를 바라보며 신현우의 눈동자에 짙은 실망이 어렸다.

"……."

이진이 작가도 더 이상 말이 없었다. 그저 신현우만을 바라보고 있었다. 말없이 이진이 작가의 시선을 받아주고 있던 신현우가 결국 고개를 돌렸다.

"지선아, 아빠는 나가 있을게."

"아빠?"

이진이 작가가 입술을 깨물었다. 그리고 화가 났다. 이진이 작가도 신현우를 붙잡지 않았다.

"영묵 씨."

"네, 말씀하세요."

"오늘 회의 끝나고 저녁에 시간 있으시죠? 저녁 같이 먹어요."

"좋죠. 하하."

진영묵이 기분 좋은 미소를 머금었다.

"……."

신현우가 그런 두 사람을 잠시 살펴본 후에 아무 말 없이 등을 보이며 걸음을 옮겼다. 이진이 작가의 시선이 그런 신현우의 뒷모습에 꽂혔다.

*　　　*　　　*

　방송국 밖 공원에 걸터앉은 채로 신현우가 햇살이 화창한 하늘을 올려다보고 있었다.

　'언제까지고 해가 떠 있는 건 아니니까요.'

　어젯밤 승호의 충고가 신현우의 귓가를 계속해서 맴돌았다. 신현우의 시선이 수없이 스쳐 지나가는 사람들을 담았다. 웃고 있는 사람들 가운데 혼자 이방인이 된 것 같았다.

　"후우."

　신현우가 길게 한숨을 내쉬었다. 그런 신현우의 우울한 기운 탓에 신현우를 알아본 시민들이 섣불리 다가오지 못하고 있었다.

　'인과응보.'

　당연한 결과라는 생각이 들었다. 이진이라는 여자는 아무 대가 없이 못난 자신을 4년이나 기다려 주었다.

　'다 내 탓이야. 너무 오래 기다리게 했으니까.'

　절로 쓰디쓴 웃음이 머금어졌다. 이진이 작가의 옆에 서 있던 진영묵이라는 배우의 얼굴이 떠올랐다.

　'차라리 잘된 건가.'

인상도 나쁘지 않았고, 요즘 한창 주가를 올리고 있었다. 그리고 나이대도 이진이 작가와 비슷했다. 무엇보다 신현우 본인보다 여러 면에서 안정적인 느낌이 들었다.

"아빠!"

갑자기 저 멀리서 신지선의 목소리가 들려왔다. 상념에 젖어 있던 신현우가 힘없이 고개를 들었다.

딸아이가 이진이 작가의 손을 잡고 손을 흔들고 있었다. 걸터앉아 있던 신현우가 바지 주머니에서 양손을 빼고는 일어났다.

"아빠, 혼자 여기서 뭐 하고 있었어?"

신지선이 밝아진 얼굴로 물었다. 행복해하고 있는 딸아이를 보자 신현우는 마음 한구석이 더 쓰렸다. 그렇지만 차마 표현을 할 수가 없었다.

신현우가 신지선의 머리를 쓰다듬으며 입을 열었다.

"생각 좀 하고 있었어. 그래, 선생님이랑 재밌게 놀았어?"

"응. 시간 나시면 우리 집에 놀러오시기로 했어."

"……."

신지선의 말에 신현우가 물끄러미 이진이 작가를 응시했다. 의문이 담긴 신현우의 눈길에 이진이 작가가 얼굴을 붉히다가 말을 꺼냈다.

"지혜는 지혜고, 지선이는 지선이니까요."

대답 대신 신현우가 쓰게 웃기만 했다. 입이 열 개라도 이 여자 앞에서는 할 말이 없었다. 어쩌면 그랬기 때문에 선을 그어왔는지도 몰랐다.

"원래 오늘 선생님이랑 저녁 먹으려고 했었는데, 그렇지, 아빠?"

"……."

"아쉽다. 오늘 지혜 언니도 시간 낸다고 했는데."

신지선의 말 그대로였다. 오늘을 위해 최영진에게 근사한 식당까지 예약을 부탁해 놓은 신현우였다.

"아……."

이진이 작가가 작게 아쉬움을 토해냈다.

눈앞의 남자와는 늘 이렇게 결정적인 순간에 엇갈리기만 했다.

이진이 작가가 신현우를 올려다보았다. 이럴 때 가지 말라고, 나와 아이들과 함께 저녁을 먹자고 신현우가 강하게 말을 해줬으면 좋겠다는 생각이 들었다.

하지만 신현우는 생각이 달랐다. 어울림 엔터테인먼트의 간판 가수이자 그 누구보다도 멋지게 재기에 성공을 했지만, 결국 신현우라는 사람의 본질은 달라지지 않는다.

이진이 작가와의 나이차도 상당했고, 무엇보다 이혼남에 다 큰 딸아이가 두 명이나 있었다. 반면 눈앞의 여자는 모두가 따스한 햇살 같은 여자라고 말을 하는 그런 순수한 여자였다.

썩어가는 가슴을 억누른 채로 마침내 신현우가 간신히 입을 열었다.

"중요한 약속인 것 같은데, 신경 쓰지 말아요."

"······."

이진이 작가가 입술을 질끈 깨물었다. 늘 이랬다. 남자는 늘 자신의 앞에서만 어두움을 한없이 끌어안고 서 있었다. 그리고 늘 한발 물러서 숨기만 했다.

이진이 작가가 신현우를 똑바로 올려다보았다.

"한결 같으시네요."

"······."

"제가 언제까지 도망치기만 하는 그쪽을 쫓아가야 하는데요? 나도 이제는 지쳤어요. 지쳤다고요!"

이진이 작가가 눈물을 흘렸다.

"······!"

신현우의 눈동자가 요동을 쳤다. 늘 햇살 같은 미소만을 머금는 여자가 울고 있었다. 뭐라고 해야 할지 입술이 떨어지지 않았다.

빵빵! 그때였다. 고급 세단 한 대가 신현우와 이진이 작가의 앞에서 멈추었다. 그리고 그 안에서 진영묵이 급히 뛰어나왔다.

"진이 씨? 왜 그래요? 무슨 일이에요?"

"아니에요. 영묵 씨랑은 상관없는 일이에요."

"아니, 그게 아닌 것 같은데요? 무슨 일입니까?"

진영묵이 이진이 작가의 앞을 가로막은 채로 신현우를 쳐다보았다. 함께 서 있는 두 사람을 보자 신현우는 머릿속이 멍했다.

"……."

"무슨 일인지는 모르겠지만, 진이 씨는 제가 데리고 가겠습니다. 가죠, 진이 씨."

진영묵이 이진이 작가를 차로 이끌었다.

신현우는 그저 멍하니 서서 아무것도 할 수가 없었다.

＊　　　　＊　　　　＊

"그러니까 그냥 가만히 서 있기만 하셨다고?"

"응, 승호 오빠."

스테이크를 썰어주며 신지선과 대화를 나누고 있던 승호가 나이프와 포크를 내려놓고 신현우를 쳐다보았다.

"하아. 그래서 내가 이 저녁 만찬에 대타로 초대가 된 거였구나?"

"응, 승호 오빠."

신지선이 불퉁한 얼굴로 신현우를 쳐다보았다. 승호도 팔짱을 끼고는 신현우를 쳐다보았다. 스테이크를 썰고 있던 신지혜도 불량스러운 표정을 한 채 신현우를 쳐다보았다.

"후우."

시선이 쏟아지자 신현우가 길게 한숨을 내쉬었다.

"우리 아빠가 연애 고자였다니. 현우 삼촌도 지유 언니 속을 그렇게 몰라주더니 아빠도 이름이 현우라서 그래?"

신지혜가 절레절레 고개를 흔들었다.

"제가 형님 얼굴이었으면 그렇게 안 삽니다."

승호도 신지혜를 거들었다.

"좋은 남자 같았어."

신현우의 말에 승호가 눈살을 찌푸렸다.

"형님도 좋은 남잔데요?"

"그러냐."

신현우가 쓰게 웃으며 와인 잔을 입으로 가져갔다. 승호가 와인을 한 모금 마신 후에 다시 입을 열었다.

"그래서 그 배우라는 녀석이 누군데요?"

"진영묵 아저씨래, 승호 삼촌."

신지선이 신현우 대신 대답을 했다. 순간 신현우가 와인 잔을 떨어뜨릴 뻔했다. 승호가 눈을 크게 떴다.

"진영묵이라고? 내가 아는 그 진영묵?"

신현우가 고개를 끄덕거렸다. 승호의 표정이 굳어졌다.

"지혜랑 지선이 잠깐 귀 좀 막아봐."

"아, 또? 나 이제 중학교 1학년이거든?"

"14살 주제에 뭐래? 15세 관람가니까 얼른 귀 막아라, 신지혜."

모처럼 보는 승호의 진지한 모습에 신지혜가 얼른 손으로 귀를 막았다. 신지선도 신지혜를 따라서 귀를 막았다.

승호의 남다른 반응에 덩달아 신현우의 표정도 굳어졌다.

"지금 이진이 작가님이랑 진영묵이랑 단 둘이 있는 거 아니죠, 형님?"

"……"

신현우의 표정이 더욱 굳어지자 승호가 이마를 짚었다.

"하아. 난리 났네. 그 자식 방송가에서 문란하기로 유명한 놈입니다, 형님."

"오빠도 바람둥이잖아."

신지혜가 양손으로 귀를 막은 채 물어왔다.

"야! 귀 막으라고 했잖아?"

"다 들리는 걸 어떻게 해?!"

"아무튼! 나는 합의하에 합법적인 일 말고는 해본 적 없다고! 근데 그 자식은 비합법 전문이니까 그렇지!"

"……!"

순간 신현우가 자리를 박차고 일어났다. 머릿속으로 별의별 생각이 다 떠올랐다. 그리고 불안감에 심장이 터질 것만 같았다.

"먼저 간다, 승호야!"

신현우가 급히 재킷 상의를 챙겼다.

"형님? 저도 같이 가요! 지혜야, 지선이 잘 챙길 수 있지? 집에는 택시 타고 가. 아니면 김철용 실장님 부르던가."

"내가 애야? 얼른 아빠 따라가!"

"그래."

승호도 서둘러 자리에서 일어났다. 뛰쳐나가는 승호를 향해 신지혜가 소리를 쳤다.

"오빠! 허리 조심하고!"

"야! 조용히 해!"

*   *   *

강남에 위치한 모 유명 VIP 클럽 앞으로 고급 세단 한 대가 세워졌다.

"여긴 왜?"

이진이 작가가 창밖으로 보이는 휘황찬란한 클럽 입구를 살피며 진영묵에게 물었다. 진영묵이 부드러운 미소를 머금으며 입을 열었다.

"진이 씨 기분이 우울해 보여서 스트레스 풀어주러 온 거죠 뭐. 친구들한테 연락했으니까 기다리고 있을 겁니다. 들어가서 우리 드라마 이야기 본격적으로 해요."

"친구분들요?"

"네. 친구 놈들은 저 보고 진이 씨 드라마에 출연하라고 난리예요. 진이 씨한테도 도움이 될 겁니다."

"네에……."

이진이 작가가 창밖을 내려다보며 속으로 한숨을 삼켰다. 유명 예능 작가인 그녀의 최종적인 목표는 드라마 작가였다.

지난 수년간 어울림 엔터와의 여러 콜라보로 인정을 받았고, 이번 드라마국 편성에서 토일 주말극 자리 하나를 꿰차는 데 성공을 한 이진이 작가였다.

그리고 요즘 한창 주가를 올리고 있는 배우인 진영묵이 남자 주인공 물망에 올랐다.

이진이 작가는 요 근래 진영묵을 설득하기 위해 공을 들이고 있던 참이었다.

'오늘은 꼭 출연 승낙을 받아야겠어.'

굳게 마음을 먹은 이진이 작가가 진영묵을 따라 차에서 내렸다.

입구 앞의 가드와 짤막하게 이야기를 나눈 다음, 진영묵이 이진이 작가의 손목을 잡고는 안으로 이끌었다.

화려한 조명과 시끄러운 음악 소리가 이진이 작가의 귓가를 두들겼다. 금요일 밤이라 그런지 클럽 안에는 화려하게 차려 입은 젊은 남녀들이 가득했다.

2층 라운지에서 진영묵의 친구들이 손을 흔들고 있었다. 이를 발견한 진영묵이 마주 손을 흔들었다.

"진이 씨! 클럽은 처음이에요?!"

"네? 잘 안 들려요!"

진영묵이 부드럽게 웃으며 이진이 작가에게 가까이 밀착했다.

"클럽 처음이에요?!"

"네! 회식 때 몇 번 오긴 했는데, 이렇게 큰 곳은 처음이에요!"

"잘됐네요! 오늘 스트레스 확 풀고 가요!"

"네? 네."

이진이 작가가 한숨을 내쉬었다. 방송국에서 바로 오는 바람에 청바지에 하얀색 블라우스, 그리고 운동화를 신고 있었다.

"괜찮아요! 여기서 작가 선생님이 제일 예쁘니까요! 내가 보증할게요!"

"……."

이진이 작가가 부끄러움에 얼굴을 붉혔다. 두 번째 만남임에도 이 진영묵이라는 사람은 감정 표현이 솔직한 남자였다.

'그 사람도 이랬으면 얼마나 좋았을까.'

신현우의 얼굴이 떠오르자 괜스레 우울해졌다.

진영묵이 이진이 작가의 손목을 잡았다.

"올라가죠! 여긴 너무 사람이 많아요!"

진영묵이 이진이 작가를 끌고는 계단을 통해 2층 라운지로 향했다. 진영묵을 알아본 여성들이 환호성을 질러댔다.

마침내 진영묵과 이진이 작가가 VIP 룸 앞에 당도했다.

"기대해도 좋아요. 짜잔!"

문이 열리자 이진이 작가도 방송국에서 한 번 정도는 마주친 적이 있는 연예인들이 제법 눈에 들어왔다.

"친구들! 내가 입술이 닳도록 말했던 이진이 작가님. 다들 알지? 유명하신 분이잖아."

"오! 안녕하세요?"

"드디어 성공했냐? 하하."

여기저기서 인사들이 쏟아졌다. 이진이 작가가 어색한 표정을 했다.

"여기 앉아요."

진영묵의 친구들이 자리를 내주었다. 진영묵과 이진이 작가가 상석에 앉았다.

"더 시킬까, 영묵아?"

"그래야지. 늘 먹던 걸로."

"좋아."

진영묵과 친구들이 대화를 나누는 사이 이진이 작가는 룸 안을 살펴보았다. 다들 어느 정도는 술에 취해 있었다.

그리고 몇몇 연예인들은 일반인으로 보이는 여자들과 애정 행각을 나누고 있었다. 절로 눈살이 찌푸려졌다.

"긴장 풀어요. 다들 즐기고 있는 거니까요."

"네? 네."

"내가 사람을 잘 본 거 같아요. 요즘 같은 시대에 작가님 같은 사람, 드물거든요."

"…제가 어떤 사람인데요?"

이진이 작가가 물었다. 진영묵이 대답 대신 웃기만 했다. 대신 그 옆, 모델 출신 신인 배우가 입을 열었다.

"있어요. 근데 한 가지 확실한 건, 요즘 영묵이가 작가님 같은 스타일을 좋아하더라고요. 그렇지?"

여기저기서 웃음이 터졌다. 이진이 작가가 혼자서 어리둥절한 표정을 했다. 모델 출신 배우가 또 입을 열었다.

"바로 이런 거? 하하!"

"……."

무언가 이상함을 느낀 이진이 작가가 진영묵을 쳐다보았다.

"다들 많이 취하신 거 같아요. 일 이야기는 내일 또 해요, 영묵 씨."

이진이 작가가 말을 꺼내자 진영묵이 살짝 표정을 굳혔다.

"아뇨. 오늘 확실하게 결정을 내리죠. 다들 착한 친구들이에요. 취해서 그런 거니까 진이 씨가 이해 좀 해주세요. 그럼 우리 드라마 대본 좀 보죠."

"네?"

꺼림칙했지만 내내 회의적인 반응을 보이던 진영묵의 태도가 긍정적으로 변해 있었다. 예능계에서는 스타 작가였지만 드라마 쪽에서는 신인인 이진이 작가였다.

토일 주말극 편성을 따내기는 했지만 신인 작가라는 위치 때문에 한 가닥 한다는 배우들은 다들 출연을 꺼리고 있는 실정이었다. 이런 상황에서 진영묵이라는 인기 배우의 출연이 절실했다.

이진이 작가가 결국 가방에서 대본을 꺼내 들었다.

대본을 받아 든 진영묵이 술병이 널려 있는 테이블 위로 대본을 깔았다.

"자, 봅시다. 지환아, 네가 읽어봐."

"좋지."

신인 배우 최지환이 대본을 집어 들었다. 그리고 대충 표지를 보더니 대본을 내려놓았다.

"제목도 좋고 설정도 참신하네. 해라, 영묵아."

"그럴까? 그래. 하지 뭐."

내내 속을 썩이던 진영묵이 단번에 결정을 내리자 이진이 작가는 허탈했다.

"읽어보시지도 않고 이렇게 쉽게 결정을……."

"작가님 얼굴 보니까 바로 감이 딱 와서요."

최지환의 미소에 이진이 작가가 얼굴을 굳혔다. 최지환이 얼른 두 손을 모았다.

"아, 농담입니다. 기분 나쁘셨다면 사과할게요. 사실 영묵이가 대본 이야기를 많이 했거든요. 내용도 좋다고 해서요."

이진이 작가가 조금이나마 얼굴을 풀었다.

"자! 그럼 영묵이 주말 드라마 출연 기념으로 본격적으로 마셔볼까? 오늘 영묵이 너 죽었다! 인마!"

모델 출신 배우 이병준이 분위기를 잡았다.

진영묵이 부드러운 미소를 머금었다.

"야, 나 요즘 술 약해. 작가님, 드라마에 출연하는 조건으로 대신 오늘 내 흑기사나 해줘요. 이것들 오늘 작정한 거 같은데."

"네?"

"농담입니다, 농담."

당황해하는 이진이 작가를 보며 진영묵이 활짝 웃어 보였다.

　　　　*　　　　　*　　　　　*

　"작가님, 괜찮아요?"

　최지환이 이진이 작가의 코앞에서 물었다. 소파에 기대어 있던 이진이 작가가 게슴츠레한 눈동자로 최지환을 쳐다보았다.

　"……"

　"많이 취하셨네. 내가 누군지 알겠어요?"

　"……"

　이진이 작가는 대답이 없었다. 최지환이 진영묵을 쳐다보았다.

　"완전히 갔는데? 그러니까 적당히 탔어야지, 자식아."

　"내가 탔냐? 이병준 저 자식이 탔지?"

　진영묵이 이병준을 가리켰다. 이병준이 어깨를 으쓱했다.

　"내가 뭐? 네가 부탁했잖아. 야, 그나저나 그 작가 선생, 순진한 여자 같은데 뒷감당 가능하겠냐? 지금이라도 늦지 않았으니까 곱게 보내줘라. 괜히 분란 만들지 말고. 사랑이니 뭐니 달라붙으면 귀찮아진다."

　"드라마 찍는 동안만 적당히 만나다 헤어지지 뭐."

　"저 양아치 새끼."

"뭐? 나만?"

진영묵의 너스레에 친구들이 혀를 찼다.

"그럼 우린 나간다."

최지환이 이병준과 다른 사람들을 이끌고 룸을 벗어났다.
룸 안으로 진영묵과 이진이 작가 단 둘만이 남게 되었다.

*   *   *

부아앙! 승호의 스포츠카가 빠르게 밤거리를 달리고 있었
다. 옆 자리에는 신현우가 굳은 표정을 하고 있었다.

"......"

"너무 걱정 마세요. 일단 진영묵 패거리한테 연락 좀 해볼
게요."

승호가 다급히 어딘가로 전화를 걸었다. 통화가 연결되자
승호가 스피커 모드로 전환을 했다.

─오! 승호냐? 잘나가는 갓 보이스 멤버께서 나한테 무슨
일로 먼저 연락을 했어?

"시끄럽고, 너 혹시 진영묵 봤냐?"

─영묵이? 너 영묵이 알아?

"봤냐고."

착 가라앉은 승호의 목소리에 핸드폰 너머로 잠시 말이 없

었다.

"봤냐고 두 번 물었다."

—어? 어. 지금 여기에 있어.

"A 클럽이냐?"

—응. 근데 지금 영묵이 바쁠 텐데?

"자세히 말해봐."

—방송국 작가라는 여자 하나 물어왔어. 아마 공사 다 끝났을걸?

"룸 어딘지 알아봐."

—너 화난 거야? 아는 여자야?

대꾸도 하지 않고 승호가 통화를 끝냈다. 그리고는 신현우를 살펴보았다. 굳은 표정을 하고 있는 신현우의 눈동자엔 살기가 어려 있었다.

처음 보는 신현우의 모습에 승호는 식은땀이 날 정도였다.

"거의 다 왔어요. 근처예요, 형님."

"……"

스포츠카가 빠르게 강남 시내로 들어섰다.

* * *

스포츠카가 빠르게 클럽 입구 앞에서 멈추어 섰다. 스포츠카가 멈춤과 동시에 신현우와 승호가 스프링처럼 튀어나왔다.

"꺄아아! 갓 보이스 승호다!"

"신현우도 왔어!"

금요일 밤을 맞아 입구에 줄을 서 있던 여자들이 난리가 났다. 한때 클럽을 주름 잡았던 VVIP 승호의 등장에 가드들이 황급히 길을 터주었다.

"진영묵, 어디에 있어?"

승호가 가드 한 명을 붙잡고 물었다. 가드가 곤란한 얼굴을 했다.

"그게, 승호야. 좀."

"어디 있냐고."

서늘한 중저음에 가드가 뒤를 돌아보았다.

"헉!"

그러고는 숨을 깊게 들이마셨다. 조각 같은 남자가 살기를 내뿜은 채로 묻고 있었다. 그때였다.

"승호야! 여기!"

통화를 나누었던 보이 그룹 멤버 한 명이 손을 흔들고 있었다.

"형님, 가시죠."

"……."

신현우가 보이 그룹 멤버인 김민준을 내려다보았다.

"아, 안녕하세요. 신현우 선배님! 김민준입니다!"

"진영묵, 어디에 있냐?"

신현우가 뿜어내는 포스에 김민준이 입을 떡 벌렸다. 소문을 듣긴 했지만 실물을 보니 포스가 장난이 아니었다.

날카롭게 날이 서 있는 그 모습이 꼭 거친 야수를 보는 것만 같았다.

"제가 안내해 드릴게요."

"……."

김민준이 빠르게 앞장을 서기 시작했다.

"꺄아아! 신현우다!"

"갓 보이스 승호 떴다!"

춤을 추고 있던 여자들이 여기저기서 비명을 질러댔다. 하지만 신현우는 눈길 한 번 주지 않았다.

"……."

"……."

그리고 신현우가 뿜어내는 포스에 다들 슬금슬금 길을 터주기 시작했다.

*   *   *

'어지러워.'

안경을 벗은 까닭도 있었지만 시야가 흐릿했다. 마지막에 진영묵 대신에 술을 마신 이후로 몸에 힘이 하나도 들어가지 않았다.

간신히 눈을 떴는데, 눈앞에 어떤 남자의 얼굴이 아른거렸다. 진영묵 같았다.

"집, 집에 갈래요."

간신히 입술을 열어 말을 꺼냈다. 진영묵이 살짝 웃음기를 머금었다.

"네. 조금 뒤에 집에 보내줄게요."

"지금요. …지금 갈래요."

"아뇨. 조금 이따가 가요."

진영묵이 미소를 머금었다. 순간 이진이 작가는 등골이 서늘하고 온몸으로 닭살이 돋았다.

"왜 이러시는 거예요? 영묵 씨?"

소파에서 일어나려고 했지만 다리에 힘이 들어가지 않았다. 진영묵이 천천히 재킷 상의를 벗었다.

"저는 진이 씨가 마음에 들어요. 우리 사귑시다."

"지, 지금 무슨 소리를 하는 거예요?"

간신히 차린 정신이 자꾸만 흐려졌다. 눈물이 핑 돌았다. 그리고 그 순간 신현우의 얼굴이 떠올랐다.

"어? 갓 보이스 승호 아냐?"

"맞는데? 쟤 클럽 끊었다며?"

2층 라운지 야외 테이블에 앉아 있던 최지환과 이병준이 계단을 통해 올라온 승호를 보고는 놀란 눈을 했다.

"뭐야? 저 사람 신현우 아니야?"

"진짜네? 신현우가 왜?"

더 말을 이을 새도 없이 승호가 급히 두 사람에게로 다가왔다.

"진영묵, 어디에 있어?"

"영묵이? 근데 아무리 갓 보이스라고 해도 초면에 반말은 심하지 않나?"

"어디에 있냐고!"

승호가 소리를 질렀다. 최지환과 이병준이 벌떡 자리에서 일어났다. 다른 동료들도 마찬가지였다.

"너 뭐야? 이 새끼야? 인기만 많으면 다야? 사람 말이 말 같지 않냐?"

승호가 뭐라고 말을 하기도 전에 신현우가 최지환과 이병준 무리를 지나쳐 룸으로 향하려 했다.

"워워. 지금 친구가 좀 바빠서요. 유명하신 선배님인 건 알겠는데 잠시 후에 가시죠."

최지환이 신현우의 앞을 가로막았다. 신현우가 서늘한 눈동자로 최지환을 내려다보았다. 최지환도 작은 체구가 아니었는데 신현우는 차원이 달랐다.

"비켜."

"아뇨. 그게. …아, 진짜 쌍으로 사람 무시하네? 저기요. 그쪽이 신현우면 다입니까? 선배면 선배지 꼰대도 아니고."

퍽! 순간 신현우의 주먹이 최지환의 안면을 정면으로 강타했다.

"으악!"

최지환이 바닥으로 널브러졌다. 갑작스러운 상황에 2층 라운지가 얼어붙었다.

"다 꺼져."

신현우의 서늘한 음성이 사방으로 울려 퍼졌다.

"뭐야?!"

이병준이 갑작스러운 상황에 놀라며 신현우에게 주먹을 휘둘렀지만 소용이 없었다. 가볍게 주먹을 피한 신현우가 이병준의 옆구리에 주먹을 박아 넣었다.

"끅!"

이병준이 옆구리를 부여잡은 채로 소파에 넘어졌다.

코에서 피를 뿜어내고 있던 최지환이 악에 받쳐 소리를 질렀다.

"저 새끼 죽여!"

최지환의 말이 떨어지기가 무섭게 동료들이 신현우에게로

달려들었다. 난투극이 벌어졌다. 여러 명이 신현우를 붙잡고 늘어졌다.

수없이 주먹이 오고 갔지만 신현우는 이에 굴하지 않았다. 이를 악 물고는 주먹을 맞받아쳤다.

그러다 퍽! 술병 하나가 신현우의 머리를 강타했다.

신현우가 휘청거리자 승호가 눈을 크게 뜨며 허공을 날아 술병을 들고 있는 패거리 한 명을 쓰러뜨렸다.

허리에서 느껴지는 통증에 승호가 이를 악물었다.

"빌어먹을! 형님! 괜찮으세요?"

승호가 서둘러 신현우의 앞을 가로막았다. 신현우의 이마에서 진홍빛 피가 흘러내리고 있었다.

그사이 정신을 차린 최지환, 이병준 패거리가 거리를 좁혀 오고 있었다.

"작가님한테 가세요! 얼른요!"

거친 숨을 몰아쉬던 신현우가 급히 룸 쪽으로 뛰어갔다.

"너 이 새끼 허리 병신이라며? 다시는 춤 못 추게 만들어 줘?"

코에서 피를 흘리며 최지환이 악에 받쳐 소리를 질렀다.

"미친! 삼류 연예인들이 깡패 흉내라도 내는 거냐? 말로 하자니까? 말로? 응? 너희들 나 두드려 패면 가중 처벌 받는다니까? 나 승호야! 갓 보이스 승호! 전 세계 갓 보이스의 팬들한테 혼나고 싶냐?"

시간을 벌며 승호가 힐끔 뒤를 돌아보았다. 신현우가 룸 앞에 당도한 게 눈으로 들어왔다. 그나마 안심이 되었다.

짧은 순간이었지만 군 복무 중에 있는 갓 보이스 멤버들이 떠올랐다.

함께 있었더라면 휘나 더블 J 등 뒤로 숨어버리면 그만이었다.

그리고 불현듯 신지혜의 얼굴도 떠올랐다.

"친구들, 믿지 못하겠지만 내가 이 나이에 마음으로 낳은 딸이 한 명 있거든. 나 지혜한테 혼난다. 뒤지게 혼나."

"닥쳐!"

패거리들이 승호에게로 달려들었다.

"하아. 이놈의 지긋지긋한 신씨 부녀!"

승호가 질끈 두 눈을 감으며 결국 포기를 했다.

*   *   *

룸 앞에 당도한 신현우가 긴 다리를 들어 거칠게 문을 걷어 찼다. 콰직! 나무로 된 문이 박살이 나버렸다.

"뭐, 뭐야?!"

진영묵이 황급히 뒤를 돌아보았다. 얼굴에 피 칠갑을 한 채로 장신의 남자가 악귀 같은 얼굴을 하고 서 있었다.

"……."

신현우의 시선이 진영묵에게 제압당해 있는 이진이 작가에게로 멈추었다.

"누구냐니까!"

진영묵이 고래고래 소리를 질렀다. 신현우의 시선이 진영묵에게로 향했다.

"그 여자 남자다. 이 개새끼야!"

신현우가 붕, 하고 허공을 날았다. 진영묵이 눈을 크게 떴다. 퍽! 신현우의 주먹이 그대로 진영묵의 얼굴로 꽂혔다.

"으악!"

진영묵의 고개가 돌아가며 바닥을 굴렀다. 거친 숨을 몰아쉬며 신현우가 진영묵의 멱살을 잡아 올렸다.

"……."

그리고 진영묵을 내려다보았다. 이빨이 여러 개나 날아간 진영묵이 덜덜 떨며 신현우를 쳐다보았다.

"그, 그게 오해, 오해입니다! 오해!"

신현우가 피식 웃었다.

그 모습에 진영묵이 더 공포에 떨었다. 신현우의 얼굴이 일그러졌다. 그러고는 뒤로 머리를 젖혔다.

"아, 아!

진영묵의 눈동자가 동시에 커졌다. 그리고 신현우가 머리로 진영묵의 얼굴을 들이받았다.

"아악!"

빡! 둔탁한 소리와 함께 진영묵이 비명을 질러댔다.

"서, 선배님! 그만하시죠! 그러다 큰일 납니다!"

어느새 달려온 김민준이 황급히 신현우를 뜯어말렸다. 신현우가 김민준을 쳐다보며 입을 열었다.

"이게 원래 나야. 비켜. 너도 뒈지기 싫으면."

"……."

결국 김민준이 주춤주춤 뒤로 물러섰다. 신현우가 몸을 돌려 바닥을 기고 있는 진영묵에게로 향했다.

"으윽."

"……."

아무 말도 없이 신현우가 진영묵의 멱살을 잡고는 주먹을 내리꽂았다. 퍽! 퍽! 퍽! 차마 볼 수가 없어 김민준이 질끈 눈을 감아버렸다.

피 떡이 되어 있는 진영묵의 얼굴로 계속해서 주먹이 꽂혔다.

"제, 제발……."

진영묵이 애원을 했다. 신현우가 피식 웃으며 뒤로 주먹을 젖혔다. 마지막으로 주먹을 내리꽂으려던 신현우가 그대로 굳어버렸다.

"……."

바닥을 기어온 이진이 작가가 뒤에서 신현우를 껴안고 있었다.

"이제… 그만해요. 더 이상 나 때문에 자신을 망치치 말아요."

"……."

신현우가 다시 주먹을 높이 들었다.

"사랑해요! 그러니까 그만해요! 처음부터 지금까지 항상 보고 싶었어요. 내 얼굴 좀 봐요. 네?"

"……!"

이진이 작가의 애원에 신현우가 힘없이 주먹을 내려놓았다.

신현우의 눈동자에서 투둑, 눈물이 떨어져 내렸다.

"하아. 하아……."

거친 숨을 몰아쉬며 신현우가 눈물을 흘렸다. 이진이 작가가 손을 뻗어 신현우의 얼굴을 마주보았다.

지난 4년 동안 제대로 웃는 모습을 본 적이 단 한 번도 없는 남자였다.

작은 감정 표현도 제대로 할 줄 모르는 그런 남자가 서럽게 울고 있었다.

이진이 작가가 힘을 짜내어 신현우를 와락 안았다.

"불꽃 락커가 울긴 왜 울어요? 네? …이리 와요."

신현우가 이진이 작가와 눈동자를 마주했다. 악귀 같은 모습을 하고 있음에도 이 여자는 변함없이 따스한 눈길로 자신을 마주하고 있었다.

"이리 와요. 안아줄게요."

결국 거친 야수 같은 남자가 가녀린 체구를 가진 여자의 품으로 한없이 무너져 내렸다.

*   *   *

"나 늦었어! 빨리 밥줘!"

"지선이 깨워! 지혜야!"

"나 바빠!"

여느 집과 마찬가지로 아침 등굣길은 그야말로 전쟁터였다.

"신지선! 일어나!"

앞치마 차림의 이진이가 허리에 척, 손을 올리고는 침대에 누워 있는 신지선을 노려보았다.

"일, 일 분만."

"너 일 분, 일 분 한 게 지금 십 분이나 지났거든? 또 지각할 거야? 진짜 화낸다?"

"히잉."

결국 신지선이 이불을 박차고 자리에서 일어났다. 그러고는 부스스한 얼굴로 이진이를 올려다보았다.

"안아줘."

"초등학교 5학년이나 되어서 아기짓 할 거야?"

"응. 할래."

신지선의 애교 섞인 목소리에 이진이가 결국 웃고 말았다. 신지선이 이진이의 허리를 껴안은 채로 침대에서 일어났다.

이진이와 신지선이 방에서 나와 부엌으로 향하자 신현우가 아침 준비에 한창이었다.

"아빠! 오늘 메뉴!"

머리를 감고 나온 신지혜가 교복 차림으로 식탁 의자에 앉아 물었다.

신현우가 빙그레 웃으며 프라이팬을 내밀어 보였다.

"우리 딸들이 좋아하는 토마토 파스타?"

"오케이. 좋아. 근데 그 딸들에 우리 세 명 전부 포함되는 거야?"

"아마도?"

신현우의 농담에 신지혜와 신지선은 웃었고, 이진이는 눈을 흘겼다.

그렇게 아침 식사가 끝이 나고 등교 준비를 마친 신지혜와 신지선이 나란히 현관 앞에 섰다.

이진이 작가가 걸어 나오자 두 자매가 나란히 섰다. 그 모습에 이진이 작가가 흐뭇한 미소를 머금었다.

두 자매가 손을 잡고는 꾸벅, 고개를 숙여 보였다.

"하나, 둘, 셋! 엄마! 학교 다녀오겠습니다!"

2장

외전2 - 박수호 편

　—잠시 후, 신오쿠보역에 도착합니다. 출구는 왼쪽입니다.

　한가한 열차 안으로 안내 음성이 울려 퍼졌다. 좌석 끝자리에 앉아 얕은 잠에 빠져 있던 청년이 살짝 눈을 떴다.
　'벌써 도착한 건가?'
　짧은 토막잠이 못내 아쉬웠다. 사실 그것보단 눈앞에 기다리고 있는 차가운 현실이 더 껄끄러웠다.
　이곳에 온 지도 1년이 훨씬 넘었지만 뭐랄까, 하루를 시작할 때면 늘 낯설기만 했다. 이방인이라는 딱지는 늘 어쩔 수가 없는 모양이었다.

"가볼까."

혼잣말을 중얼거리며 그가 낡은 백 팩을 챙겨 한쪽 어깨에 걸쳤다.

급히 지하철 안을 빠져나와 복잡하게 얽힌 계단을 오르자 신오쿠보역의 정경이 한눈에 확 들어왔다.

일본어와 한국어가 뒤섞인 간판이 즐비했다. 그리고 길가에 널린 쓰레기 더미들, 또 형형색색의 광고 전단지들.

그때 그의 앞으로 누군가가 불쑥, 전단지를 내밀었다.

"한류 아이돌 제우스의 공연이 오늘 올림푸스 소극장에서 저녁 7시부터 있습니다! 가격도 쌉니다! 두 분 이상 오시면 30퍼센트 디스카운트해 드립니다!"

"……"

그가 전단지를 받아 들고는 한숨을 삼켰다. 그러고는 눈앞의 또래 청년을 살펴보았다. 화려한 옷차림과 헤어스타일. 한국에서 활동하고 있는 인기 아이돌 갓 보이스를 그대로 따라 한 차림새였다.

그가 전단지를 대충 접어 다시 건네주고는 입을 열었다.

"설마, 나도 그 공연에 돈 주고 가야 하는 거야?"

"농담을 또 진담으로 받네. 얼굴 좀 펴라고 장난 좀 쳐봤다. 너는 왜 아침부터 죽을상이야?"

"유학 생활이 즐거운 유학생도 있어? 사는 게 힘들어서 그런다. 난 너처럼 일본에 놀러온 거 아니잖아. 공부하러 온 거지."

"…박수호, 어제 무슨 일 있었냐?"

"……"

또래 청년의 물음에 박수호가 머리를 긁적였다.

가벼워 보이기는 해도 늘 정곡을 찌르는 게 '제이'였다. 사실 어제 아르바이트를 하다가 살짝 졸아서 일본인 점장한테 혼이 나긴 했었다.

"피곤해서 졸았지 뭐."

"그 점장이란 사람 니트라며? 일 잘하는 한국인 알바생이 졸았으니 기회는 이때다 싶었던 거지. 그러니까 아르바이트 좀 줄여. 차라리 다른 아르바이트는 다 그만두고 우리 제우스 매니저 해라. 어차피 저녁 공연마다 네가 통역해 주는데 기왕이면 페이도 센 매니저가 낫지 않냐?"

"매니저 하면 월급은 주고?"

"시간당, 200엔 정도 더 줄 수는 있을걸?"

"부족해. 그럴 거면 차라리 네 진짜 이름이나 가르쳐 줘."

"제이라니까?"

"하. 됐다. 쓸데없이 신비주의야?"

"사람마다 사정이 있으니까."

제이라는 이름은 본명이 아니었다. 이곳의 한류 아이돌들은 대부분 가명을 썼다.

제이는 1년 전부터 한류 아이돌 팀의 통역 아르바이트를 하면서 알게 된 사이였는데, 박수호와는 25살로 동갑내기였다.

어렸을 적 한국 소형 기획사 출신의 연습생이었다는 이야기는 들었다.

그 후의 이야기는 이곳에 흘러온 다른 연예인 지망생처럼 뻔했다. 소형 기획사가 망하고, 다른 소형 기획사를 전전하다가 나이가 찼다. 그러다 군대를 다녀오고 소형 기획사에서도 그들을 받아주지 않았다.

그렇게 하루하루 말라가다가 실낱같은 희망이라도 품고 찾아오는 곳이 바로 일본이었다.

초창기에는 열정을 가지고 직접 만든 곡과 안무를 선보이는 팀들도 있었지만 현재는 한류 붐과 더불어 사무실을 끼고 한류 아이돌 흉내를 내며 하루하루 살아가는 무리들이 더더욱 많아지고 있는 추세였다.

눈앞의 '제이'는 다행히 열정을 가지고 있는 부류였다. 하지만 오히려 그 모습이 박수호는 더욱 안타까웠고 때로는 화도 났다.

어쩌면 이미 실패한, 그리고 그 끝이 보이지 않는 길을 이들은 끝까지 걷고 있는 셈이나 마찬가지였다. 그럼에도 눈앞의 제이는 늘 웃고 있었다.

"넌 아침부터 뭐가 그렇게 재밌어?"

결국 박수호가 한 소리를 했다.

제이가 씩 웃었다.

"어제 저녁 공연 너도 봤잖아? 50명이나 우리들 공연을 보러 왔다고! 알아? 그리고 세 명이나 시즌 티켓을 사갔어!"

"퍽이나 좋겠다."

박수호도 살짝 웃으며 말을 했다. 제이가 그런 박수호의 어깨에 팔을 걸쳤다.

"일하러 가자고 친구. 내 생각에 오늘 한 200명은 오지 않을까 싶은데. 우리 제우스 2주년 공연이잖아."

"꿈도 크다."

"원래 꿈은 크게 가지는 법이야."

제이의 말에 박수호가 웃기만 했다.

*　　　　*　　　　*

지글지글. 불판마다 알맞게 자른 삼겹살이 익어가고 있었다. 가게의 간판에는 분명 소극장 올림푸스라는 상호가 적혀 있었다.

그럼에도 소극장, 아니, 식당 안에서는 여기저기서 일본 여성들이 어설프게 쌈을 싸고 있었다. 그리고 테이블마다 훤칠한 체격의 한국인 청년들이 열심히 설명을 하며 고기를 굽고 있었다.

"수호야! 여기 좀!"

일본어가 미숙한 제이가 결국 박수호를 찾았다. 계산을 하던 박수호가 급히 제이 쪽 테이블로 달려갔다.

제이가 안도의 한숨을 내쉬었다.

"지방 사투리 같은데 도저히 못 알아듣겠어. 좀 도와줘."

제이에게서 집게를 받아 든 박수호가 능숙하게 먼저 말을 걸었다.

"오사카에서 오셨나 보네요?"

"네. 맞아요! 한국 사람인데 일본말 잘하시네요?"

"네. 유학생이니까요. 이 정도는 기본이죠."

"아하. 대단해!"

"대단해요!"

일본 특유의 과한 칭찬에 박수호가 하하 웃어주었다.

"저기요. 여기 이분, 갓 보이스 승호 닮았다고 전해주세요."

"맞아! 비슷해! 비슷해!"

손님들이 호들갑을 떨었다. 박수호가 제이를 쳐다보며 입을 열었다.

"너 승호 닮았단다. 축하해. 승호 따라 하기 성공이네."

"하하. 그래요? 그럼 오늘 저녁에 장사 끝나면 소극장에서 공연 있는데 오실래요? 2주년 기념 공연입니다!"

"그럼 승호 성대모사 할 수 있어요?"

박수호가 얼른 통역을 해주었다. 제이가 기다렸다는 듯 승호를 따라했다.

"나? 바람 같은 남자 승호인데? 그러니까 너, 내 여자 해라."

제이는 승호가 평소 방송에서 내뱉는 멘트를 내뱉으며 손님들과 하이파이브를 주고받았다. 그러고는 박수호를 향해 눈을 찡긋해 보였다.

느끼한 멘트와 표정에 박수호가 진저리를 치며 서둘러 주방으로 돌아왔다. 설거지할 그릇들이 산더미였다.

'후우.'

박수호가 속으로 한숨을 삼켰다. 그릇을 닦으며 주방 밖을 쳐다보았다. 매번 봐오던 광경이었지만 영 적응이 되지 않았다.

낮에는 삼겹살 장사를 하고, 장사 중에 한류를 좋아하는 손님들이 있으면 이렇게 영업을 하고는 했다. 잘못된 일은 분명 아니었다. 하지만 유학생으로서, 타국에 있는 이방인으로서 지금의 광경이 때로는 씁쓸했다.

어느새 제이가 주방으로 들어와 고무장갑을 꼈다. 박수호의 표정을 읽은 제이가 툭, 어깨를 쳤다.

"표정 풀어라. 그래도 닮았다고 해주잖아. 관객도 두 명이나 더 확보했고. 네가 그런 표정 하고 있으면 다들 힘 빠진다고. 분위기 메이커 박수호는 어디 갔어?"

"미안. 요즘 내가 스트레스를 많이 받나 보다."

"공부도 적당히 해. 나처럼 하고 싶은 일을 해도 모자랄 판에 넌 그 어려운 공부를 어떻게 매일 하냐? 이참에 공부 때려치우고 우리 팀 매니저나 하라니까?"

"또 그 소리야? 됐다."

"오늘 공연을 기점으로 우리 제우스도 한층 더 성장할 거라니까? 나 수연이도 불렀어."

"수연이도 불렀다고?"

박수호가 크게 놀랐다.

김수연. 제이가 일본에서 만난 한국인 유학생 여자 친구였다. 박수호도 그녀와 제법 친분이 있었다.

얼마 전에 두 사람은 헤어졌다. 제이의 어두운 미래가 김수연으로 하여금 한발 물러서게 만들었기 때문이다.

"헤어진 거 아니었어?"

"오늘 공연 성대하게 끝나고 나면 다시 만나자고 할 생각이야. 나 오늘 2주년 공연에 다 걸었다, 수호야."

"그래?"

"그래. 수연이도 되찾고 너도 내 매니저로 만들 거다."

"수연이는 되찾아도 좋은데, 나는 빼라."

박수호가 쓴웃음을 머금으며 설거지에 열중을 했다.

*　　　*　　　*

"후우. 끝이다."

산더미같이 쌓여 있던 불판이 가지런히 정리가 되었다. 이마에 흐른 땀을 닦고는 박수호가 자리에서 일어났다. 주변을 둘러보니 소극장 뒤편 창고가 깨끗하게 정리되어 있었다.

손목에 차고 있는 시계를 살펴보니 저녁 6시 50분이었다. 이제 7시부터 소극장에서 팀 제우스의 공연이 펼쳐질 예정이었다.

특히 오늘은 팀 제우스의 2주년 공연이 있는 날이었다. 제이의 기대가 큰 만큼 승호도 괜히 가슴이 두근거렸다.

"좋아! 일하러 가볼까?"

박수호가 앞치마와 고무장갑을 가지런히 벗어놓고는 소극장으로 향했다.

"음?"

소극장 문을 열자마자 싸한 분위기가 온몸으로 느껴졌다. 박수호가 급히 작은 무대로 시선을 돌렸다.

제이와 다른 동료들이 무대에 서 있었다. 순간 박수호와 제이의 눈동자가 마주쳤다.

"……."

"……."

무대에 서 있는 제이의 눈동자에 짙은 실망감이 어려 있었다. 박수호가 급히 객석을 살펴보았다.

"아……."

자기도 모르게 탄식이 터져 나왔다. 총 300석으로 이루어진 객석에 고작 10명 정도가 전부였다.

"……."

박수호가 설마하며 소극장 입구로 향했다. 입구에서 티켓을 팔고 있던 매니저가 박수호를 보자마자 한숨을 내쉬었다.

공연 몇 분 전임에도 단 한 명의 사람도 보이지 않았다. 박수호가 다급히 매니저에게 물었다.

"형? 이게 어떻게 된 거예요?"

"그게……."

"형!"

박수호가 재촉을 했다. 매니저가 이마를 짚으며 말을 이어갔다.

"오늘 신주쿠에서 하필 갓 보이스 게릴라 콘서트가 열렸단다. 그것도 무료로, 제길. 관객들이 전부 그쪽으로 간 거 같아."

"……!"

박수호의 얼굴이 그대로 굳어버렸다.

길거리 한복판에 벌거벗고 서 있는 그런 느낌이 들었다. 그리고 제이가 느꼈을 절망감과 부끄러움이 고스란히 느껴졌다.

박수호가 다시 소극장 안으로 들어갔다. 빈 객석에는 갓 보이스를 보기 위해 소극장을 떠난 관객들의 흔적이 어지럽게 널려 있었다.

그리고 무대 위에서 제이와 멤버들이 갓 보이스의 곡을 소화하고 있었다.

10명 남짓한 팬들을 앞에 두고 제이가 환하게 웃고 있었지만, 박수호는 알 수 있었다. 제이는 지금 깊은 절망 가운데 빠져 있었다.

"……."

박수호는 무대 아래 서서 차마 눈을 돌리지 못하고 있었다.

*　　　*　　　*

탁. 어둠으로 물든 창고를 형광등이 밝혔다. 창고의 낡은 의자에 제이가 혼자 덩그러니 앉아 있었다.

박수호의 시선이 제이에게 가 닿았다.

"……."

가슴 한쪽이 답답했다. 오늘 2주년 공연을 위해 얼마나 많은 땀을 흘렸는지, 또 제이에게 있어 얼마나 중요한 시간이었는지 박수호는 잘 알고 있었다.

뭐라고 위로라도 해야 했지만 제이가 느끼고 있을 절망의 무게를 알기에 차마 입술이 떨어지지 않았다.

땀에 절어 있던 제이가 슥, 고개를 들어 올렸다.

"아직 안 갔냐?"

"어? 응. …소극장 청소 좀 했지."

"수호야."

제이의 낮은 음성에 심장이 덜컹거렸다. 그가 무슨 말을 꺼낼지 불안했다.

"수호야."

"…그래."

"수호야……."

"…말해."

"수연이가 떠났어."

"……."

"떠났어……."

"수연이 같이 좋은 사람, 또 만날 수 있을 거야."

상투적인 위로밖에 할 수 없었기에 더 마음이 무거웠다.

"나 이쯤에서 그만 두려고."

"……!"

박수호의 손이 떨렸다. 설마 했던 불안감이 현실로 다가온 순간이었다.

"불 좀 꺼줄래? 지금은 빛 앞에 설 자신이 없다."

탁, 박수호가 조용히 불을 껐다. 다시 찾아온 어둠과 함께 제이의 독백이 이어졌다.

"네가 늘 그랬잖아. 나보고 일본에 놀러온 거 아니냐고."

"……"

"네 말대로 차라리 놀러온 거면 마음은 편할 거야. 근데 그 거 알아? 어렸을 때 처음 오디션에 붙었을 때, 난 세상을 다 가진 거 같았어. 금방이라도 인기 연예인이 될 줄 알았거든. 근데 정확하게 한 달 만에 내 한계를 깨달았어. 그래도 난 애 써 부정했어. 노력을 하면 TV에 나오는 사람들처럼 될 줄 알 았거든. 근데 아니더라……. 그래서 꿈을 좀 줄였어. 그래, 작 은 무대지만 날 보러 오는 사람들을 위해 노래하자. 그러다 보면 드라마나 영화 같은 일이 벌어질 거야. …그런데 오늘 깨 달았어. 나는 결국 헛된 꿈을 좇는 가짜라는 걸."

"……"

제이가 고개를 들어 박수호를 쳐다보았다.

"내 드라마는 여기까지인 거 같아."

"……!"

박수호가 입술을 깨물었다.

"내가 성공하면 꼭 너를 내 매니저로 만들고 싶었는데, TV
에 나오는 인기 연예인들이 자기 매니저들한테 집도 사주고
차도 사주고 하잖아. 나 그거 너한테 해주고 싶었어."

"……"

"수호, 너는 주변 사람들을 기분 좋게 해주는 재주가 있는
거 같아. 사실 1년 동안 나도, 우리 멤버들도 너한테 정신적으
로 의지 많이 했다. 알지?"

"……"

"끝까지 함께해 줘서 고맙다. 공부 열심히 하고. …넌 지독
한 놈이니까 네 꿈 꼭 이룰 수 있을 거다."

제이가 자리에서 일어났다. 그리고 박수호의 곁을 스쳐 지
나갔다.

"……"

박수호는 멍하니 서서 차마 제이를 붙잡지 못했다.

*　　　　*　　　　*

그날 그 밤의 기억 이후로 한동안 박수호도 도망을 쳤다.
힘든 유학 생활을 견디게 해주었던 제이가 그날 밤 이후로 신
오쿠보에서 자취를 감추었기 때문이었다.

그렇게 얼마나 시간이 흘렀을까. 두려움과 마음의 상처가 아물었을 무렵, 박수호는 다시 신오쿠보역을 찾았다.

"……."

낡은 백 팩을 등에 메고는 박수호가 소극장 올림푸스를 올려다보았다.

[폐업, 그동안의 성원에 감사했습니다.]

텅 비어버린 소극장 앞에 대충 붙어 있는 종이를 보자마자 다리에 힘이 탁, 풀렸다.

박수호가 정처 없이 걸음을 옮겼다. 그러다 어느 공원 앞에 그의 발길이 닿았다. 박수호가 백 팩을 풀고 벤치에 앉았다. 그러고는 조용히 이어폰을 꼈다.

"……."

박수호가 조용히 두 눈을 감았다. 이어폰 속에서 어설픈 기타 소리와 함께 익숙한 음성이 들려왔다.

제이가 신오쿠보와 올림푸스를 떠나면서 남긴 데모 CD였다. 장르는 생뚱맞게도 어쿠스틱 발라드 같았다.

"갓 보이스 같은 아이돌이 꿈이라면서 이런 노래를 부르고 있었어?"

절로 쓴웃음이 나왔다. 그리고 눈물이 핑 돌았다.

1년간 제이와 함께했던 기억들이 마구 스쳐 지나갔다. 그리고 후회가 밀려왔다. 허황된 꿈을 좇으며 살고 있다고, 한심하다고 여겼던 친구는 그 누구보다도 치열하게 살고 있었던 것이다.

"곡도 더럽게도 많이 썼네."

박수호가 눈물을 훔쳤다.

그때였다. 드르륵, 드르륵. 핸드폰 진동이 울렸다. 핸드폰을 살펴보니 한국 쪽이었다. 박수호가 눈을 크게 뜨고는 서둘러 전화를 받았다.

"제, 제이?!"

─뭐라고? 수호냐? 나 태명이 형이다.

"아, 네! 태명 형님!"

박수호가 소매로 눈물을 쓱 닦으며 얼른 목소리를 가다듬었다.

─요즘 공부는 잘하고 있고?

"네, 형님."

─그 매니저라는 것도 계속하고 있냐?

"요즘은 그만두고 공부만 하고 있어요."

─그래? 잘됐네. 형이 친구랑 기획사 차린 거 소식 들어서 알지?

"네, 알죠. 송지유가 요즘 한국에서 제일 인기 많잖아요."

—잘 아네. 현우라고 우리 대표가 지유랑 연습생들 데리고 내일모레 일본으로 갈 거야. 매니저 했던 경험도 있으니까 이참에 며칠 아르바이트해라.

　"……."

　—솔이라고 우리 아이 한 명이 좀 문제가 있어. 병원도 들려야 할 거야.

　"……."

　이유는 없었다. 순간 제이의 얼굴이 떠올랐다.

　—여보세요? 수호야?

　"네! 저 할게요, 형님. 아니, 꼭 하겠습니다."

　—좋아. 그럼 부탁한다.

　통화가 끝나고 박수호가 자리를 털고 일어났다.

　그때 박수호의 발 앞에 무언가가 걸렸다. 벤치 아래 아무렇게나 버려져 있는 제우스의 광고 전단지였다.

　[한류 아이돌! 제우스! 소극장 올림푸스에서 2주년 공연!]

　전단지 속 제이가 환하게 웃고 있었다. 박수호가 전단지를 주워 들었다. 그러고는 반으로 접어 재킷 주머니 속으로 넣었다.

　박수호가 벤치에서 점점 멀어졌다.

"본부장님, 본부장님?"

귓가에 작은 목소리가 맴돌았다. 박수호가 두 눈을 뜨고는 고개를 돌렸다. 단정한 옷차림의 비서 나나미가 눈에 들어왔다.

"본부장님, 약속 장소에 도착했습니다. 언제까지 주무실 거예요? 그러니까 어제 일찍 주무시고 컨디션 관리 하라고 제가 말씀드렸었죠?"

작은 타박에 박수호가 머리를 긁적였다. 그러고는 멋쩍게 웃었다.

"미안해요, 나나미 씨. 요즘 잠을 잘 못 자네요."

"병원 진료라도 잡을까요?"

"아뇨, 아뇨. 그 정도는 아니에요."

박수호가 급히 손사래를 쳤다. 그사이 비서 나나미가 서둘러 손거울을 꺼내 들었다.

"한번 살펴보고 들어가세요."

"에이, 잠깐 졸았을 뿐인데요?"

박수호의 너스레에 나나미가 실눈을 떴다.

"…본부장님. 중요한 모임이라고 어제 저한테 말씀하시지 않았나요?"

"예? 예."

박수호가 억지로 손거울을 들여다보았다. 포마드를 발라 단정한 헤어스타일에 밝은 회색의 고가 슈트를 차려입은 청년 한 명이 거울에 비쳤다.

순간 거울 속의 자신이 낯설게만 느껴졌다.

"또 그 멍한 표정 지으시네요? 어울림 엔터테인먼트 일본 지부 본부장님? 60명이나 되는 직원들을 생각하세요. 본부장님이야말로 우리 어울림 일본 지부 모든 가족들의 얼굴이라는 걸 잊으시면……."

"아, 알겠어요, 나나미 씨."

박수호가 황급히 머리를 매만졌다.

그사이 이곳까지 운전을 해준 매니저 한 명이 뒷좌석 문을 열어주었다. 고급 세단에서 빠져나온 박수호의 앞으로 나나미가 나란히 섰다.

"가시죠, 본부장님."

"예? 나나미 씨도 간다고요? 그냥 사이토 씨랑 퇴근하세요."

"아뇨. 본부장님의 비서로서 함께할 의무가 있습니다. 중요한 모임이라고 말씀을 하셨잖아요? 사이토 씨랑 저녁 먹고 퇴근하겠습니다."

박수호가 매니저 사이토를 쳐다보았다. 사이토 역시 곤란하다는 얼굴로 머리를 긁적이고 있었다. 반면 나나미는 단호했다.

"제가 아이도 아니고 매번⋯⋯."

"저번 한국 워크숍 때 들은 게 있어서요. 어울림 소속 남자들은 술만 들어가면 언제 어디서 사고를 칠지 모르니 항상 감시해야 한다고 이혜은 팀장님께서 말씀하셨거든요. 그리고 저도 그 의견에 동의하는 바입니다."

"하아."

박수호가 한숨을 내쉬었다. 본부장 위의 비서가 바로 나나미였다. 일처리도 완벽하고 야무지긴 했지만 그녀의 배경이 더 무서웠다.

"본부장님, 제 말 들어서 손해 보신 적 있으신가요?"

결국 결정타가 흘러나왔다. 자주 듣는 말에 박수호도, 매니저 사이토도 백기를 들 수밖에 없었다.

"들어갑시다."

박수호가 결국 포기를 했다.

"예, 본부장님."

나나미가 싱긋 웃으며 친히 선술집의 문을 열어주었다.

*   *   *

"이야! 이게 누구야? 수호 아니야?"

"와! 진짜 수호 맞지?"

"너 진짜 용 됐다! 수호야!"

선술집 안으로 박수호가 들어서자 여기저기서 감탄 섞인 한국말이 쏟아졌다. 박수호가 부드럽게 웃으며 오랜만에 만나는 친구들에게로 다가갔다.

"오랜만이네. 잘들 지냈고?"

"안녕하십니까? 어울림 엔터테인먼트 일본 지부 박수호 본부장님의 비서 다스케 나나미라고 합니다."

"매, 매니저 이토 사이토라고 합니다."

박수호에 이어 나나미와 사이토가 정식으로 인사를 했다.

"와아……."

한국 친구들이 경외감 섞인 표정으로 박수호를 쳐다보았다. 한국에서 가장 큰 엔터테인먼트 회사인 어울림의 일본 지부 본부장을 맡고 있다는 소식은 들었지만, 개인 비서와 매니저까지 대동을 하고 다닐 줄은 미처 몰랐기 때문이었다.

"우리 생각보다 수호가 더 크게 성공을 한 거였네."

"이런 데서 술 마셔도 되는 거야, 수호야?"

"그러게?"

"하하……."

친구들의 농담에 박수호가 쓴웃음을 머금었다. 그때 나나미가 사이토를 쳐다보며 입술을 열었다.

"사이토 씨. 준비한 거 꺼내세요."

"예, 예."

사이토가 가방에서 비타민 음료 박스를 꺼냈다. 박수호가 픽, 웃어버렸다. 어울림 엔터테인먼트의 간판 걸 그룹인 '전국소녀' 멤버들의 사진이 박힌 비타민 음료였다.

사이토가 박수호의 친구들에게 한 병씩 비타민 음료를 돌렸다. 음료를 다 돌리자 나나미가 설명을 이어갔다.

"알콜 섭취 전에 비타민 섭취는 중요하니까요. 그럼 저희는 근처 테이블에서 저녁을 먹고 있겠습니다. 혹시 저희가 필요하시면 언제든 찾아주세요. 그럼 좋은 시간 보내시길. 본부장님, 화이또!"

"화이또!"

박수호 대신 한국 친구들이 파이팅을 외쳐주었다. 나나미와 사이토가 끝쪽 테이블로 멀어졌다.

"여기 앉아, 수호야."

친구 한 명이 자리를 내주었다. 박수호가 자리에 앉았다. 그러고는 친구들을 한 명, 한 명 둘러보았다.

힘든 일본 유학 시절 인연을 맺은 친구들이었다. 같은 처지의 유학생들도 있었고, 아르바이트를 하면서 만났던 친구들도 있었다.

예전 기억들이 새록새록 떠올랐다. 그러다 박수호의 시선이 김수연에게서 멈추었다. 김수연을 보자 갑자기 기억들이 더욱 선명하게 떠오르기 시작했다.

그리고 그 옛 기억의 중심에는 '제이'가 서 있었다.

"수호야? 박수호?"

눈앞이 환해지며 와자지껄한 주변 소음이 박수호를 현실로 돌아오게 했다. 눈을 들어보니 김수연이 고개를 갸웃하고 있었다.

박수호가 숨을 들이마셨다.

"오랜만이다, 수연아."

"응, 오랜만."

"보기 좋네. 커리어 우먼 느낌 확 난다."

"응. 작년에 토시바 전자에 입사했어."

"축하한다."

"축하는. 진짜 축하받을 사람은 너잖아. 엄청 성공했다며? 나 여성 잡지에서 네 인터뷰 봤어."

"그래?"

"응. 보기 좋더라? 근데 그거 알아? 난 네가 이렇게 성공할 줄 알았어. 유학생 시절에도 남다르긴 했잖아."

"그렇지. 그 낡은 가방 하나 메고 아침부터 밤까지 풀타임 가동이었지, 수호는."

"집에 있는 시간보다 지하철에서 있는 시간이 더 많았을걸?"

친구들이 칭찬을 쏟아내기 시작했다. 박수호가 민망함에 볼을 긁적였다.

"그러니까, 오늘 내가 쏘라는 소리지?"

"빙고!"

"역시 유쾌한 박수호는 어디 안 갔네. 하하!"

여기저기서 웃음이 터졌다. 박수호도 하하 크게 웃었다.

그러다 박수호의 시선이 비어 있는 한 자리로 향했다. 그리고 제이의 얼굴이 떠올랐다. 혹시나 하는 마음이 들었다.

"아직 누구 안 온 거야?"

"응, 너도 기억나지?"

"……."

작은 기대감이 스멀스멀 피어올랐다. 유학생 친구 한 명이 마침내 입을 열었다.

"대호가 오늘 갑자기 출장이 잡혔다고 연락 왔었어. 아쉽다. 대호 자식도 보고 싶었는데."

"그래?"

허탈감이 밀려왔다. 분위기를 망칠 수는 없어 박수호는 억지로 환하게 웃었다.

그렇게 술자리가 이어졌다. 오랜만의 모임이었다. 술잔이 계속해서 오고 갔고, 오고 가는 잔 속에서 옛날이야기가 쏟아졌다.

"참, 나 결혼해, 얘들아."

취기가 오른 김수연이 갑작스레 말을 꺼냈다. 순간 선술집에 정적이 감돌았다.

"축하한다, 수연아."

박수호가 먼저 진심으로 축하를 했다.

"뭐 하는 사람인데?"

친구 한 명이 물었다. 김수연이 얼굴을 붉히며 입을 열었다.

"같은 회사 사수야. 같은 한국 출신이기도 하고, 덕분에 회사에 적응도 잘할 수 있었어."

"잘됐네! 수연이 너같이 착한 여자는 좋은 남자를 만나야지. 암암."

"축하해. 부럽네?"

여기저기서 축하가 쏟아졌다.

"우리 수연이 나쁜 남자만 만나더니 이렇게 보상을 받는구나?"

"나쁜 남자? 누구였더라? 아, 제이?"

"……."

친구 두 명이 제이를 거론했다. 김수연의 빈 잔에 축하주를 따라주던 박수호의 손이 그대로 멈추어 버렸다.

"……."

"……."

박수호와 김수연이 서로를 쳐다보며 말이 없었다.

"지금은 뭐 하고 살려나? 아이돌인가 뭔가 한다고 엄청 설치고 다녔잖아? 제이 자식."

"아이돌은 무슨 아무나 하냐? 수연이가 제이 그놈 뒷바라지하느라고 정말 고생 많이 했었지."

"수연이만 고생했냐? 수호도 엄청 고생했을걸? 제이 그 녀석, 철이 없었잖아."

"그러고 보니 수호만 그 업계 쪽에서 거물이 된 셈이네? 격세지감이다, 격세지감."

"수호는 성실했고, 제이 그 자식은 답이 없었다고 원래부터."

김수연이 박수호를 쳐다보며 안타까운 얼굴을 했다. 다른 사람은 몰라도 제이와 가장 인연이 깊었던 사람은 바로 이 두 사람이었다.

연인이었던 자신도 힘든 시기를 겪었지만 절친이었던 박수호도 꽤 오래 방황을 했다는 사실을 김수연은 잘 알고 있었다.

"아니야. 제이도 정말 잘해줬어. 열심히 살았었고."

"크으, 진짜 김수연 너는 천사다, 천사."

"수호, 너도 한마디만 해라. 수연이처럼 제이 편들 생각은 말고. 그 말도 안 되는 꿈을 지켜보느라 고생은 너도 많이 했잖아."

"……."

박수호가 아무런 말없이 친구들을 둘러보았다. 각자의 시간을 지나 여기까지 온 친구들이었다. 제이도 어디선가 그의 시간을 지나왔을 것이라는 생각이 들었다.

"모르겠다. 난 그냥 한 번 정도는 보고 싶다."

"하여간, 박수호랑 김수연 저 보살들."

"보살은? 그냥 호구지, 호구."

친구들이 혀를 찼다. 박수호는 그저 빙그레 웃으며 술잔을 기울였다.

친구들은 몰랐다. 박수호라는 사람이 어떻게 여기까지 올 수 있었는지를 말이다.

*   *   *

"택시들 타고 가."

박수호가 친구들 한 명, 한 명에게 택시비를 건넸다. 일본은 한국보다 택시비가 월등히 비쌌다. 그럼에도 박수호는 거리낌이 없었다.

"역시 본부장! 고맙다! 수호야!"

"사양 안 한다. 친구니까."

친구들이 하나둘 택시를 타고 선술집 앞을 떠났다. 그리고 박수호와 김수연 둘 만이 남게 되었다.

"결혼 다시 한번 축하한다, 수연아."

"고마워. 너도 성공한 거 축하해."

"성공은. 어떻게 보면 다 제이 덕분이야."

박수호의 말에 김수연이 조용히 웃으며 입을 열었다.

"제이가 수호 너한테 꼭 매니저를 하라고 들들 볶기는 했었지?"

"그랬지. 그리고 이렇게 진짜 매니저가 되었고."

술기운이 올라와 박수호가 휘청거렸다.

김수연이 머뭇거리다 말을 꺼냈다.

"아직도 제이가 보고 싶어?"

"……."

박수호가 고개를 끄덕였다.

"수연이 너랑은 끝난 사이지만, 나랑은 친구잖아. 친구는 영원한 거야."

"나 사실… 작년쯤에 근황을 들었어."

"……!"

박수호가 눈을 크게 떴다.

"미안. 확실한 건 아니라 말을 못 했어."

"……."

"제이, 아직 일본에 있대."

"……."

"내가 아는 건 그것뿐이야. 미안해."

"네가 미안할 게 뭐가 있어. 그래도 말해줘서 고맙다. 결혼식이 언제라고 했지?"

"올해 가을."

"가을?"

박수호가 쓴웃음을 머금었다. 제이가 박수호와 김수연 앞에서 사라진 그 계절도 가을이었다.

"결혼식 참석할게. 성공한 친구의 위용을 보여주마."

"호호. 고마워, 수호야. 근데 너 바쁘지 않아? 괜찮겠어?"

"네가 결혼하는데 시간은 꼭 내야지."

"수호야."

"응."

"옛날부터 항상 궁금했던 건데, 나한테 왜 그렇게 잘해줬어? 그리고 지금도 왜 이렇게 잘해줘?"

벽에 등을 기댄 채로 박수호가 물끄러미 김수연을 쳐다보았다.

"…내 친구 여자 친구였으니까. 그리고 제이가 못 해줬던 것들, 내가 조금이라도 해주면 네가 제이를 좀 더 좋은 사람으로 기억해 줄 거 같아서."

"…그랬구나. 오늘 고마웠어. 갈게."

김수연이 택시를 잡았다. 그리고 박수호의 시야에서 멀어져 갔다.

택시가 시야에서 사라지자 박수호도 천천히 걸음을 옮겼다.

　　　*　　　　*　　　　*

어둠으로 물든 밤, 인적이 끊긴 한적한 공원에 발소리가 울렸다. 가로등 아래 모습을 드러낸 이는 바로 박수호였다.

"……."

박수호가 가만히 서서 공원을 들여다보았다. 신오쿠보역의 어느 작은 공원은 오래전 그때와 똑같은 모습을 하고 있었다.

그때 그 벤치에 박수호가 털썩, 앉았다. 슈트 상의에서 핸드폰을 꺼낸 다음 박수호가 이어폰을 꼈다.

딸깍. 소리와 함께 조금은 촌스러운 통기타 연주와 함께 제이의 목소리가 들려왔다.

"……."

박수호가 스르르 두 눈을 감았다.

기억이 하나둘 펼쳐졌다. 유학생 시절에는 하루하루 힘들다고 여겼던 시간들이 이제와 돌아보니 모두 추억으로 남아 있었다. 특히 제이와의 기억들이 생생했다. 짙은 아쉬움이 밀려왔다.

'왜 더 잘해주지 못했을까.'

후회가 밀려왔다.

아까 전 선술집에서 많은 친구들이 제이를 향해 조롱을 쏟아냈다. 하지만 박수호는 아무런 반박도 할 수가 없었다.

제이가 모든 것을 포기했던 그날 밤 전까지만 하더라도 박수호 역시 제이를 한심하다고 여겼기 때문이다.

제이가 떠난 후에 뒤늦게 그를 알 수 있었다. 제이는 누구보다 치열하게 살아왔다. 그가 남기고 간 이 수많은 데모곡이 바로 그 증거였다.

"본부장님? 본부장님?"

이어폰 너머 익숙한 음성이 들려왔다. 박수호가 두 눈을 떴다. 눈앞에 비서 나나미가 딱 버티고 서 있었다.

"나나미 씨? 여긴 어떻게?"

"정말이지. 갑자기 사라지시면 어떻게 해요? 사이토 씨랑 이 근방 일대를 다 뒤졌잖아요!"

"미안해요. 그런데 저녁 먹고 퇴근하라고 내가 분명……."

"그건 본부장님 생각이죠!"

"하아… 나나미 씨. 아무리 내일이 토요일이라고 해도 사이토 씨도 개인 시간이 필요할 거고……."

"전 괜찮은데요, 본부장님?"

"보셨죠?"

"……."

사이토까지 이렇게 말을 하자 박수호는 할 말이 없었다. 어울림 한국 본사 직원들의 영향인지 한국 워크숍을 다녀온 이후로 일본 지부 직원들은 워커홀릭이 되어 있었다.

"그럼 차 대기시켜 놓겠습니다, 본부장님."

사이토가 다시 몸을 돌렸다. 나나미가 벤치에 앉았다.

"본부장님."

"네, 나나미 씨."

"삐지셨어요?"

"내가요? 내가 삐진 거 같습니까?"

"네, 아주 많이."

"아닌데요?"

"그렇죠?"

나나미가 싱긋 웃었다. 박수호가 허, 숨을 내뱉었다. 도저히 당해낼 수가 없는 여자였다.

나나미가 박수호를 똑바로 쳐다보았다.

"본부장님, 혹시 오늘이 그 날인가요?"

"그, 그 날요?"

"네. 행방불명된 친구분이 남겨놓고 간 데모곡들 들으면서

실연당한 사람처럼 멍하니 정신 놓고 있는 본부장님의 그 날
요. 두 달 전 한국 워크숍 끝나고 돌아오는 날 이후로 계산해
보면 오늘 정확히 네 번째네요? 그리고 요즘 들어 그 주기도
짧아지고 있고요."

"그런 것도 분석을 합니까?"

박수호가 입을 떡 벌렸다. 정말이지 무서운 여자였다.

"그럼요. 전 완벽한 사람이니까요."

"그렇습니까. 그럼 나나미 씨."

박수호가 진지한 표정을 했다.

"네. 말씀하세요."

"제가 어떻게 해야 할까요?"

"그전에 궁금한 게 있습니다. 혹시 그쪽 취향이신가요?"

박수호가 화들짝 놀랐다.

"아뇨!? 그쪽 취향도 충분히 존중하지만 전 여자를 좋아합
니다!"

"그렇군요. 음… 행방불명된 친구가 그리운 거잖아요?"

"그렇죠."

"그런데 알고 있는 건 이름도 아닌 그저 제이라는 가명 하나."

"네."

"두 분이서 친구인 건 맞죠?"

"마, 맞습니다!"

나나미가 턱을 괴었다. 그러고는 눈동자를 빛냈다.

"찾아보려는 노력은 충분히 하셨어요. 저도 옆에서 지켜봤으니까."

"그렇죠."

"그럼 생각을 바꿔서 그쪽에서 찾아오게 하는 건 어떨까요?"

"어떻게요?"

박수호가 더없이 진지한 표정을 했다. 항상 이쪽에서 찾으려고만 했었지 이런 고민은 해본 적이 없었다.

"일단 일어나시죠. 저희 집 가서 한 잔 더 하면서 의논해요."

"예? 제가 나나미 씨가 사는 집에요?"

"아버지께서 본부장님이랑 한잔하고 싶다고 하시네요. 대체 무슨 생각을?"

"…아? 네. 가죠. 오랜만에 쿠로 씨랑 술 한 잔, 좋네요."

그랬다. 다스케 나나미는 다스케 쿠로의 딸이었다.

박수호가 자리를 털고는 벤치에서 일어났다.

*　　　　*　　　　*

비행기 기내 안으로 남색 슈트 차림의 박수호가 모습을 드러내었다. 몇몇 승무원들이 박수호를 알아보고는 친절하게 눈인사를 건네었다.

어울림 F4도 인기가 많았지만, 박수호도 몇 번 언론을 탄적이 있었기 때문이었다. 살짝 눈인사를 하고는 박수호가 비즈니스 좌석으로 가 앉았다.

"후우."

박수호가 길게 숨을 내쉬었다. 예정에 없던 한국행이었다. 자그마한 비행기 창문 밖에 활주로가 펼쳐져 있었다.

'옳은 결정일까?'

생각이 복잡했다. 상념을 떨칠 겸 박수호가 이어폰을 꽂았다. 촌스러운 통기타 연주와 제이의 목소리가 들려왔다.

박수호가 조용히 두 눈을 감았다.

"본부장님, 본부장님?"

"이젠 환청까지 들리네."

박수호가 두 눈을 감은 채로 쓴웃음을 머금었다. 매일 아침부터 저녁까지 업무를 같이하다 보니 시시때때로 환청이 들릴 때가 있었다.

"본부장님? 앉자마자 주무시나요?"

"……"

박수호가 살짝 눈을 떴다. 눈앞엔 비서 나나미가 환하게 웃고 있었다.

"어, 어? 여긴 왜 왔어요?"

"뭐 잊은 거 없으신가요?"

"없는데요? 어제 밤에 다 확인받았잖아요? 새벽 1시까지."

박수호가 새벽 1시라는 말에 힘을 주었다. 굳이 영상통화까지 걸어서 짐을 하나하나 확인한 그녀였다. 특히 팬티는 하루에 한 번 갈아입으라는 말이 압권이었다.

"진짜 없는데요?"

"저를 잊으셨잖아요. 이번 기획안 발의자가 누구였죠? 저였죠? 그럼 그 당사자가 빠져서야 되나요?"

박수호가 침묵을 했다. 틀린 말이 아니었기 때문이었다.

"그래도 본부장님 편히 주무시라고, 좌석은 조금 떨어진 곳에 예약을 해두었습니다. 그럼 한국에 도착하면 뵈어요."

나나미가 고개를 숙여 보이고는 등을 돌렸다.

'어울림 일본 지부를 설립한다지? 수호 군, 우리 딸 좀 데려가면 안 되겠나? 말단 계약직이라도 좋네.'

2년 전, 작은 선술집에서 다스케 쿠로가 간절하게 부탁을 해왔었다. 그리고 박수호는 i2i가 일본에 성공적으로 안착하는데 큰 도움을 준 그의 부탁을 외면할 수가 없었다. 마침 인력도 필요한 참이었고 말이다.

그런데 그때의 결정이 양날의 검이 되어 돌아오고 있었다.

박수호가 앞쪽 비즈니스 좌석에 앉아 있는 나나미의 등을

쳐다보았다. 한숨이 절로 나오긴 했지만 왠지 모르게 미소도
지어졌다.

＊　　　＊　　　＊

　국산 고급 세단이 홍대 사거리를 지나 연남동 부근으로 들
어섰다.

　한때는 후미진 골목 같던 곳이 바로 연남동 근처였다. 하지
만 어울림 엔터테인먼트가 자리를 잡은 후부터는 홍대보다
더욱 화려한 번화가로 자리를 잡아가고 있었다.

　곳곳에 다양한 상점과 술집들, 그리고 유명 식당가들이 즐
비했다. 그러다 창밖으로 낡고 작은 4층짜리 초록색 건물이
시야에 들어왔다.

　박수호의 시선이 그리로 향했다.

　"여기가 초기 어울림 본사 건물이에요. 여기서 모든 것들이
시작이 된 셈이죠, 나나미 씨."

　"네. 저번 워크샵 때 와본 적이 있어요."

　나나미가 고개를 끄덕였다.

　한때 어울림의 본사였던 건물은 현재 어울림 엔터테인먼트
에서 전층 카페로 운영을 하고 있었다. 그리고 어울림의 초대
본사답게 손님들과 관광객들로 만원을 이루고 있었다.

그사이 고급 세단이 미끄러지듯 어울림 신사옥 앞으로 멈추어 섰다.

거대한 신사옥의 전면에서 '전국소녀' 멤버들의 모습이 생생하게 비춰지고 있었다. 어울림 엔터테인먼트가 자랑하는 세계 최대 규모의 LED 광고 전광판이 압도적인 위용을 뽐내고 있었다.

"……."

어울림 엔터테인먼트의 일원으로서 뿌듯하고 자랑스러운 생각이 들었다. 나나미도 창밖을 올려다보며 감탄을 머금고 있었다.

"볼 때마다 대단한 것 같아요. 그렇죠, 본부장님?"

"그러네요. 그럼 이제 내립시다."

박수호와 나나미가 고급 세단에서 내렸다.

익숙한 얼굴이 마중을 나와 있었다. 고급 슈트를 멋들어지게 차려입은 사내는 바로 김철용이었다.

"여어, 왔어?"

동갑내기인 김철용이 하얀 이를 드러내며 웃었다. 고급 슈트 차림에 손목에는 고가의 시계를 차고 있었지만, 김철용도 예전의 거칠고 순박했던 모습을 그대로 간직하고 있었다.

"잘 지냈지?"

"그럼. 크으. 본부장이라… 멋있다, 멋있어."

"하하. 본부장은 무슨."

박수호와 김철용이 짧게 포옹을 나누었다. 나나미가 도끼눈을 뜨고 김철용을 노려보았다.

"김철용 팀장님?"

"네? 왜요?"

"이제 우리 박수호 본부장님은 엄연히 어울림 엔터테인먼트 일본 지부 본부장이 되셨습니다. 부하 직원으로서 그런 호칭은 격식에 맞지 않습니다. 앞으로는 주의를."

"이야. 그새 한국어가 더 늘었네요? 머리가 좋으신 분이라 그런가? 그 일본 명문대 나오셨다더니 역시."

김철용이 웃음기를 머금으며 딴소리를 내뱉었다.

"네. 한국어 공부에 중점을 두긴 했어요. 아무래도 우리 어울림 엔터는 한국에 본사를 두고 있고, 아티스트들 역시 한국인들이니까요. 알아주시니 감사합니다."

"역시! 최고입니다! 수호야, 들어가자. 태명 형님이 기다린다."

"그래? 가죠, 나나미 씨."

"네, 네?"

대답을 하는 사이 박수호와 김철용이 어깨동무를 하고는 멀어지기 시작했다. 홀로 남겨진 나나미가 미간을 찌푸렸다.

어쩌다 보니 능구렁이 같은 김철용의 페이스에 말려들고 말왔다.

"휴우. 어울림 남자들은 정말이지 하나같이 아이들 같아. 내가 따라오길 잘한 거 같아."

나나미가 옷매무새를 고치고는 서둘러 두 사람의 뒤를 따랐다.

*　　　*　　　*

본사 안으로 들어서자 1층 로비의 정경이 펼쳐졌다. 안내 데스크에 여러 명의 직원들이 관광객을 상대로 응대를 하고 있었고, 출입구 쪽에는 보안 요원들의 모습도 보였다.

"낯설지? 수호야?"

"그래. 나는 볼 때마다 낯설다."

김철용의 물음에 박수호가 고개를 끄덕거렸다. 데스크 직원에 보안 요원들까지 갖춘 어울림의 모습이 영 익숙하지가 않았다.

"태명 형님이랑 정우 형님이 회사 체계 구축하느라고 고생 좀 하셨어. 알잖아. 현우 형님 스타일."

"잘 알지."

익숙한 이름들이 거론되자 박수호가 빙그레 웃었다.

김철용이 사원증을 찍었다. 순간 박수호가 당황했다. 사원증을 일본에 놓고 온 것 같았다. 그사이 나나미도 사원증을 찍고 안으로 들어갔다.

"본부장님! 제가 분명 사원증 챙기라고 말씀을 드렸었잖아요. 어제 영상통화로 분명 확인까지 했는데!"

"미, 미안해요. 깜빡했나 본데요?"

박수호가 머리를 긁적였다. 보안 요원들도 난감한 표정들을 하고 있었다. 어울림에서 박수호를 모르는 직원들은 없었다. 하지만 규칙은 규칙이었다.

"후. 어쩔 수 없네. 어? 저기 송지유다."

김철용이 본관 입구 쪽을 가리켰다. 보안 요원들의 시선이 일제히 그리로 돌아갔다. 김철용이 잽싸게 눈짓을 보냈다.

박수호가 씩 웃으며 출입구를 뛰어넘어 버렸다. 보안 요원들이 황당한 표정을 하며 김철용과 박수호를 번갈아 쳐다보았다.

"오늘 한 번만 봐줘요. 대신 내가 오늘 점심 쏩니다."

김철용의 말에 보안 요원들이 피식 웃어버렸다.

"오케이. 가자, 수호야."

"김철용 팀장님! 팀장씩이나 되시는 분이, 이런 짓을 하시나요? 아래 직원들이 보고 배우면 어쩌시려고요?"

나나미가 엄한 표정을 했다. 김철용이 코끝을 긁적였다.

"나나미 씨 말이 틀린 말은 아니네요. 이거 현우 형님한테

다 배운 거니까.”

“네? 그, 그분이요? 우리 대표님?”

“네. 그러니까 너무 그렇게 빡빡하게 생각하지 마요. 우리가 무슨 대기업입니까? 엔터 회사지? 수호야, 네가 고생이 많다. 본부장도 마냥 행복한 자리는 아니구나?”

“지금 무슨 말을!”

나나미가 발끈했다. 그러고는 도움을 바라며 박수호를 쳐다보았다. 박수호가 나나미의 시선을 피했다.

“본부장님!”

*　　　*　　　*

승강기가 12층에서 멈추었다. 승강기 문의 양쪽이 스르르 열리며 세 사람이 모습을 드러내었다. 사무실 복도 곳곳에 직원들이 분주하게 돌아다니고 있었다.

세 사람이 복도를 따라 걸음을 옮겼다. 스쳐 지나가는 직원들이 편하게 눈인사들을 건네왔다.

그리고 복도의 끝에 다다르자 직원 한 명이 세 사람을 반겼다.

“본부장님, 팀장님. 사장님께서 기다리고 계십니다. 차 준비해 드릴까요?”

"그래요. 고마워요."

박수호가 부드럽게 웃어 보였다. 똑똑. 나나미가 사장실 문을 두드렸다.

"들어오세요."

문 안쪽에서 친근한 음성이 들렸다. 김철용이 벌컥, 문을 열었다. 사장실 책상에 앉아 손태명이 업무를 보고 있었다.

"문 부서진다, 철용아."

가벼운 농담과 함께 손태명이 자리에서 일어났다. 그리고 태명 선배 특유의 부드러운 미소를 머금었다.

"수호, 오랜만이다."

"잘 지내셨죠, 태명 형님?"

"잘 못 지냈다. 현우 자식 때문에 뭐 같다 진짜."

보자마자 현우를 탓하는 손태명을 보며 박수호와 김철용이 큭큭, 웃었다. 나나미만이 이러지도 저러지도 못하고 안절부절못하고 있었다.

"이번에는 또 무슨 일을 벌이셨는데요?"

"일이야 늘 벌이는 게 김현우 주특기고, 이 자식이 중요한 계약 건만 앞두면 미국으로 가버리잖아."

"하하! 현우 형님다우시네요."

박수호가 기분 좋게 웃었다. 손태명도 진한 미소를 머금었다.

"일단 다들 앉아. 그래, 수호 너는 요즘 어떠냐? 현우가 일본 쪽 일은 너한테 다 떠넘겼잖아. 죽을 맛이지?"

"아직까지는 할 만해요. 우리 아이들 요즘 휴식기잖아요."

"그렇긴 하지. 일본 연습생들은 어때?"

2년 전, 하로하로 기획을 통해 어울림 엔터 일본 지부에서도 대대적으로 연습생들을 뽑았다. 한일 합작 아이돌 그룹 프로젝트를 위해서였다.

"아직 함량 미달이긴 한데, 시간이 해결해 주겠죠. 요즘 들어서 실력도 늘고 있고 큰 걱정 안 합니다."

"다행이네. 곧 최종 그룹 평가 있는 거 알지? 지혜도 그렇고 희연이 같은 애들 실력이 장난이 아니야. 한일 합작 그룹이 콘셉트라고 해도 실력 미달이면 우리도 생각이 달라질 수 있으니까 염두에 두고."

"그럼요."

박수호가 빙그레 웃었다.

"현우 형님이 한국에 안 계시는 게 아쉽네요."

"그 자식 없는 게 아쉽다고?"

손태명의 반문에 김철용과 박수호가 또 큭큭, 웃었다. 나나미는 당황스러웠다. 사장 그리고 본부장, 팀장씩이나 되는 핵심 인사들이 대표를 조리 돌림 하고 있었다.

"나나미 씨. 안절부절못할 거 없어요. 애정이 있으니까 까는 거죠."

"네에?"

손태명의 말에 나나미가 고개를 갸웃했다. 손태명이 손가락으로 박수호를 가리켰다.

"나나미 씨랑 수호 같은 관계인 거죠."

"아! 이해되었어요. 호호."

나나미가 박수호를 쳐다보며 웃었다. 박수호가 쓴웃음을 머금었다. 손태명이 안경을 고쳐 쓰고는 팔짱을 꼈다.

"수호, 네가 메일로 보내준 기획안은 잘 봤다."

"아? 네, 형님."

박수호가 미안한 표정을 머금었다. 나나미도 잔뜩 긴장을 머금었다. 손태명이 꼬고 있던 다리를 풀었다. 그리고 잠시 뜸을 들였다.

무언가 결정을 내릴 때 나오는 손태명 특유의 습관이라는 것을 어울림 가족이라면 모두가 잘 알고 있었다.

"…한번 추진해 봐."

"네?! 사장님? 그렇게 쉽게 결정을?"

나나미가 깜짝 놀라 물었다.

본인이 나서서 박수호에게 조언을 한 프로젝트이긴 했지만, 설마하니 이렇게 쉽게 허락이 떨어질 줄은 미처 몰랐었다.

사실 박수호나 나나미나 대표인 현우를 믿고 한국행을 결정한 것이었다. 현우가 'Galaxy Wars' 새 오리지널 에피소드 촬영을 위해 송지유와 함께 하루 전, 미국으로 출국했다는 사실을 들었을 때는 반 정도는 마음을 비웠었다.

"잊었나 본데, 내가 누구냐? 프로 오지라퍼 김현우 친구다, 친구. 뭐 전염이라도 됐나 보네."

손태명이 부드러운 미소를 머금었다. 박수호가 꾸벅, 고개를 숙여 보였다.

"감사합니다! 태명 형님! 최선을 다해보겠습니다!"

"감사합니다! 사장님! 이 다스케 나나미를 믿어주신 것! 목숨을 걸고 이번 기획안을 성공시키겠습니다!"

"나, 나나미 씨. 목숨까지 걸 필요는 없어요."

손태명이 작게 웃었다. 손태명의 표정이 서서히 진지해졌다. 그리고 계속해서 말을 이어갔다.

"i2i의 일본 성공, 그리고 전국소녀의 일본 성공을 위해서 수호 네가 일본에서 고생 많이 했다는 거, 우리 어울림 식구들이라면 다 알고 있어. 그동안 네가 해온 일들에 비하면 이런 부탁쯤이야, 아무것도 아니야."

"…감사합니다."

"꼭 성과를 내겠습니다!"

나나미가 주먹을 쥐어 보였다. 손태명이 고개를 저었다.

"성과도 좋지만 연연할 필요는 없습니다, 나나미 씨."

"네? 하지만?"

"우리 어울림은 문화를 창조하는 집단이지, 이윤만을 추구하는 기업이 아닙니다. 이윤만을 추구할 거면 매니지먼트를 해서는 안 되는 겁니다. 때로는 손해를 볼 수도 있겠지만 그 대신 단 한 사람의 마음이라도 움직일 수 있다면 충분합니다. 그리고 그 사람이 우리 어울림 가족 누군가에게 소중한 사람이라면 더더욱."

"……."

박수호가 조용히 웃고 있었다. 그리고 스스로를 탓했다. 어울림의 일원이면서 잠깐 그 점을 잊고 있었던 것 같았다.

반면 나나미는 멍한 표정을 지었다. 기업가들이 듣는다면 기함을 할 소리였다. 하지만 손태명은 당당하게 이런 말을 하고 있었다.

"나나미 씨, 이게 원래 우리입니다."

김철용이 말을 덧붙였다.

"너 그거 큰형님 명대사 따라 한 거냐?"

손태명이 하하 웃었다. 어울림에서는 전설로 남은 '신현우 클럽 난투극' 사건의 수많은 명대사 중 하나였다.

"크으. 저도 그때 그 자리에 있었어야 하는데 말입니다. 이게 원래 나야!"

김철용이 신현우를 따라 했다. 진지했던 사장실이 다시 장난기로 가득해졌다.

"아, 참. 아이들 설득은 수호 네가 해라."

"그럼요, 태명 형님."

박수호가 빙그레 웃었다.

일단 가장 큰 산은 넘은 셈이었다.

＊　　　　＊　　　　＊

합정역 인근 고급 주상 복합 아파트 입구에 박수호와 나나미가 서 있었다.

"어때요, 나나미 씨?"

박수호가 긴장된 표정으로 물었다. 박수호의 양손에는 치킨과 피자 박스가 잔뜩 들려 있었다. 나나미가 박수호의 옷매무새를 고쳐주며 입을 열었다.

"이렇게 멋진 배달원은 처음 보는 것 같아요, 본부장님."

"네?"

박수호가 두 귀를 의심했다. 함께 일을 하면서 거의 처음 들어보는 칭찬 아닌 칭찬이었다. 박수호가 어색한 표정을 했다.

나나미가 슈트 상의 주머니에 손수건을 꽂아주며 비장한 표정을 했다.

"가시죠, 본부장님."

"그래요. 갑시다."

승강기의 문이 열렸다. 그리고 박수호와 나나미가 승강기 안으로 사라졌다.

띵. 승강기가 23층 꼭대기 층에 멈추어 섰다. 승강기 문이 열리며 두 사람이 나란히 발을 내디뎠다. 걸음을 옮겨 복도 끝 쪽에 이르자 문 하나가 보였다.

"……."

"……."

서로 짧게 눈빛을 주고받은 후에 나나미가 벨을 눌렀다. 철컥, 기다렸다는 듯 문이 살짝 열렸다. 그리고 미모의 여성이 빼꼼 고개를 내밀었다.

"암호는?"

나나미가 얼굴을 찌푸렸고, 박수호는 피식 웃었다. 그리고 능숙하게 입을 열었다.

"배하나는 우주 여신."

"좋아! 통과!"

이내 활짝 문이 열렸다. 걸 그룹 숙소답게 좋은 향기가 풍겨 나왔다. 그리고 배하나가 길쭉한 다리를 자랑하며 허리에 척 손을 올린 채로 박수호와 나나미를 반겼다.

"한국에, 그리고 우리 전국소녀의 숙소에 잘 오셨습니다!"

변함없이 쾌활한 배하나의 모습에 박수호가 빙그레 웃었다.

"일본 활동 끝나고 몇 달 만이지?"

"그러네요? 그 치킨이랑 피자, 우리 먹으라고 사 온 거죠?"

"당연하지."

"좋았어! 역시 우주 여신의 충실한 수하!"

배하나가 얼른 치킨과 피자 박스를 받아 들었다.

배하나가 사라진 사이 박수호가 거실을 둘러보았다. 소파 쪽에서 담요를 덮고 멤버 한 명이 낮잠을 자고 있었다.

레몬 색깔 머리를 보아하니 이지수 같았다.

"수호 오빠, 내가 깨울게요!"

주방 쪽에서 배하나가 닭다리 하나를 들고 나타났다. 그리곤 곤히 잠들어 있는 이지수의 코앞으로 닭다리를 가져 댔다.

"용사여, 일어나세요."

"으음."

"치킨이 당신을 기다리고 있습니다, 용사님."

이지수가 스르르 눈을 떴다. 게슴츠레한 눈동자로 치킨을 쳐다보던 이지수가 무의식적으로 치킨을 앙, 깨물었다.

"맛있지?"

"응, 응?!"

정신이 든 이지수가 황급히 소파에서 일어났다. 그러고는 히히 웃고 있는 배하나를 노려보았다.

"야! 배하나!"

"왜? 너도 좋았잖아?"

"이게!"

이지수가 담요를 말아 쥐고는 풀스윙으로 휘둘렀다. 담요가 뒤쪽에 있던 나나미를 강타했다.

"꺅!"

미처 피할 새도 없이 나나미가 소파 뒤로 넘어졌다. 배하나가 쩍, 입을 벌렸다.

"나나미 언니!"

"나나미 언니? 어? 언니 괜찮아요?!"

이지수는 울상을 했다.

＊　　　＊　　　＊

"손 내리지 마, 너네!?"

유지연이 날카롭게 고양이 눈을 뜨며 소리쳤다. 자그마한 체구에서 뿜어져 나오는 군기반장 포스에 배하나와 이지수가 번쩍, 손을 높게 들었다.

유지연의 옆에서 김수정이 한숨을 내쉬었다.

"죄송해요. 어린 아이들도 아닌데, 하나랑 지수가 언제 철이 들지 모르겠어요. 휴."

김수정이 봉변을 당한 나나미를 보며 미안해했다. 나나미가 고개를 저었다.

"다스케 나나미, 이 정도로 쓰러지지 않습니다!"

"옳소! 그러니까 팔 좀 내리게 해줘! 유지연!"

"싫어."

유지연이 가볍게 배하나의 간청을 외면했다.

그사이 방에서 다른 멤버들이 하나둘 모습을 드러내었다. 한국 출신 개인 연습생이었던 김세희와 전 디온 뮤직 소속의 유은도 함께였다.

"오셨어요, 본부장님?"

"수호 오빠, 한국 왔어요?"

"세희 안녕? 응. 은아, 그렇게 됐다."

박수호가 김세희, 유은과 인사를 주고받았다. 그러고는 살짝 고개를 갸웃거렸다. 이솔과 베트남 출신인 하잉의 모습이 보이지 않았다.

"솔이랑 하잉은 아직 휴가에서 안 돌아온 건가?"

"네. 내일모레 귀국할 거예요, 수호 오빠."

김수정이 대답을 했다.

베트남 출신인 하잉은 고향인 하이난에 가 있었고, 이솔은 스케줄 겸 휴가차 현우와 송지유가 있는 미국에 있었다.

박수호가 고개를 끄덕거리며 배하나와 이지수를 살펴보았

다. 벌써 10분 넘게 벌을 서고 있었다.

시선이 마주치자 배하나와 이지수가 간절한 눈빛들을 했다.

박수호가 빙그레 미소를 머금었다. 아이들을 처음 보았을 때가 18살 때였다. 세월이 흘러 20대 초반의 아가씨들이 되었지만, 여전히 아이 같은 구석이 남아 있었다.

박수호가 유지연을 쳐다보며 입을 열었다.

"지연아, 그만 봐주자."

"30분 동안 벌 받는 게 저희 규칙이에요."

"치킨이랑 피자 식으면 맛없어. 너희들 체중 관리 한다고 요즘 구내식당에서도 샐러드만 먹는다며? 모처럼 온 기회인데 식기 전에 먹자."

박수호가 설득 아닌 설득을 했다. 유지연의 눈동자가 흔들렸다.

"지금 이 순간에도 음식들은 식고 있습니다, 지연 씨."

나나미가 결정타를 날렸다. 유지연이 결국 마음을 돌렸다.

"손 내려."

"살, 살았다!"

"치킨, 피자 만세!"

배하나와 이지수가 잽싸게 팔을 내리고는 주방 쪽으로 뛰어갔다. 이내 거실로 탁자가 깔리고 음식들이 세팅되었다.

"히히. 맛있겠다."

행복해하는 배하나를 보며 박수호가 쓴웃음을 머금었다. 어렸을 적이나 탑 아이돌이 된 지금이나 전국소녀 멤버들은 달라진 게 없었다.

여전히 먹을 게 최고였고, 또 순수함을 간직하고 있었다.

"……."

그렇게 전국소녀 멤버들이 모처럼의 회식을 하는 동안 박수호는 조용히 지켜만 보고 있었다.

치킨과 피자 박스가 반 넘게 비워졌을 무렵, 나나미가 박수호의 옆구리를 계속해서 찔러댔다. 나나미의 재촉에도 박수호는 차마 말을 꺼내지 못하고 있었다.

"……."

미안했기 때문이다. 한국과 일본뿐만 아니라 중국과 아시아를 오고가며 바쁜 스케줄을 소화하고 있는 전국소녀 멤버들이었다. 현우의 지시 아래 맞이한 오랜만의 휴가였다.

물론 언제까지고 휴식기를 가질 수는 없다. 하지만 박수호 개인의 사정 때문에 휴식기를 뺏는다는 생각이 들었다.

"아악!"

결국 박수호가 비명을 질렀다. 옆구리를 찔러도 반응이 없자 나나미가 힘을 줘 꼬집어 버린 것이었다.

"……?"

"응······?"

열심히 배를 채우고 있던 전국소녀 멤버들의 시선이 쏟아졌다. 박수호가 치킨 한 조각을 들고는 어색하게 입을 열었다.

"치, 치킨이 맛있지?"

"본부장님!"

나나미가 박수호를 노려보았다. 나나미의 눈동자에서 느껴지는 살기에 박수호가 치킨 조각을 내려놓았다.

"후우··· 알겠습니다."

박수호가 품 안에서 핸드폰을 꺼내 들었다. 그리고 탁자 위에 올려놓았다.

"······?"

전국소녀 멤버들이 일제히 탁자 위의 핸드폰으로 시선을 모았다. 그리고는 박수호를 향해 의문이 담긴 눈빛들을 보내어 왔다.

"······."

박수호가 핸드폰을 쳐다보며 망설였다. 오랜 세월 동안 홀로 들어왔던 제이의 노래들이었다. 지금까지 그 누구에게도 들려준 적이 없었다.

막상 이 상황까지 오게 되니 제이의 노래가 누군가에게 들려진다는 것이, 그리고 누군가에게 평가를 받게 된다는 사실이 두려웠다.

"…본부장님?"

나나미가 박수호를 쳐다보며 안타까워했다.

"친구분을 믿으세요."

"……."

"좋아요. 양심 고백 할게요. 저 본부장님 몰래 친구분 노래 들어봤어요. 나쁘지 않았어요, 됐나요?"

"나나미 씨?"

"눌러요! 남자답게!"

나나미가 박수호의 손에 자신의 손을 겹쳤다. 그리고 재생 버튼을 눌렀다.

작은 핸드폰에서 통기타 연주가 들려오기 시작했다. 꽤 긴 통기타 연주가 이어졌다. 드림걸즈 멤버들이 하나둘 귀를 기울이기 시작했다.

제이의 목소리가 흘러나오자 박수호가 질끈 두 눈을 감았다. 그렇게 옛 기억들이 하나둘 되감아지기 시작했다.

*　　　　*　　　　*

"…어떤가요?"

나나미의 음성에 박수호가 두 눈을 떴다. 흩어지는 기억과 함께 전국소녀 멤버들의 모습이 들어왔다.

멤버들이 저마다 생각에 잠겨 있었다. 나나미의 질문에 김수정이 뒤늦게 손을 들었다.

"코드도 엉성하고 촌스러워요. 약간 옛날 스타일 같기도 하고. 가이드곡을 부르신 분의 발성도 탁한 거 같고."

"……"

김수정의 감상평에 박수호가 쓴웃음을 머금었다. 허탈했다. 그랬다. 그랬기에 제이는 음악이라는 꿈을 포기하고 신오쿠보역의 어둠 저편으로 사라져 버렸다.

그때 김수정의 왼쪽 볼에 보조개가 파였다.

"하지만 멜로디가 자꾸 머릿속에 맴돌아요. 흥얼거리게 되고 어렸을 때 기억도 나고 가사가 참 좋은 거 같아요."

"뭔가 그립고도 아련한 느낌?"

유지연도 감상평을 내놓았다. 김수정이 고개를 끄덕거렸다.

"맞아요. 마음 한편이 저리는 게 아련해요. 그리고 가사 속에서 나오는 사람은 누구예요? 그 사람 관찰을 참 많이 했나 봐요. 누군가를 그렇게까지 세심하게 알 수 있다는 거, 대단한 거 같아요."

"……"

박수호는 아무런 말도 하지 않았다. 가사 속에 나오는 낡은 가방 청년은 바로 박수호 본인이었다.

목이 메었다. 박수호가 알고 있는 건 '제이'라는 가명 하나뿐이었다. 그런데 제이는 박수호라는 사람에 대해 정말 많이도 알고 있었다. 가사 한 구절, 한 구절마다 박수호의 고된 유학생 시절이 담겨 있었다.

그리고 제이의 찬란하게 빛났던 꿈과 열정들이, 김수연과의 사랑 이야기들이 모두 가사에 들어가 있었다.

"수호 오빠?"

"…응?"

"회사에 새로 오신 작곡가님 곡이에요?"

김수정이 물어왔다. 박수호가 고개를 저었다.

"아니."

"그럼요?"

"오래전부터 알고 지내던 내 친구가 만든 곡들이야."

"아? 그래요?"

김수정이 토끼 눈을 떴다. 전국소녀 멤버들도 박수호의 친구가 만든 곡이라는 사실에 더욱 호기심을 가졌다.

"후우."

박수호가 길게 숨을 들이마셨다. 그리고 나나미를 쳐다보았다.

"…본부장님."

나나미가 박수호를 향해 굳게 고개를 끄덕여 보였다. 박수호도 마주 고개를 끄덕였다.

이제 그간 홀로 간직하고 있었던 제이와의 이야기들을 들려줄 차례였다.

그게 박수호의 최선이었다.

*　　　　*　　　　*

거실엔 짙은 침묵이 내려 앉아 있었다. 눈물이 많은 배하나를 시작으로 전국소녀 멤버들이 하나둘 훌쩍이기 시작했다.

"애, 애들아?"

전국소녀 멤버들의 눈물에 박수호가 당황해했다. 하지만 한편으론 깊이 공감을 해주는 멤버들에게 고마웠다.

나나미도 눈물을 글썽이며 박수호를 쳐다보았다.

"우리 본부장님께서 그런 슬픈 러브 스토리를 가지고 계신 줄은 미처 몰랐어요."

"…러브 스토리 아닙니다, 나나미 씨."

"아무튼요. 여러분, 우리 본부장님 너무 멋있지 않아요? 친구를 위해 이렇게까지 마음을 쓰고 계시잖아요."

"수호 오빠, 진짜 멋있어요. 이제부터 오빠 같은 사람이 내 이상형이에요."

"일단은 고맙다, 하나야."

박수호가 쓰게 웃었다. 그리고 다시 말을 이어갔다.

"사실은 너희들한테 할 말이 있어. 아니, 간절한 부탁이라는 게 더 어울리는 표현이겠다. 제이를 한번 꼭 만나고 싶어. 내가 제이에 대해 아는 건 가명 하나뿐이지만 제이와 함께했던 시간들만큼은 소중히 간직하고 있어. 만약에 제이를 찾지 못한다고 해도 좋아. 하지만 제이가 만든 이 노래들을 나 아닌 다른 사람들에게도 꼭 들려주고 싶어. 부탁한다."

박수호가 진심을 담아 간절하게 부탁했다.

전국소녀 멤버들도 모처럼 만의 휴식기라는 걸 잘 알고 있었다. 하지만 이번이 아니라면 영영 제이를 찾지 못할 것이라는 예감이 들었다.

"미안하다. 이기적인 부탁이란 걸 나도 잘 알고 있어."

"…할게요. 아니, 하고 싶어요."

"저도 그 노래들 부르고 싶어요."

김수정과 유지연이 나란히 의견을 피력했다.

"나도! 할래!"

"이지수 출격 대기 완료!"

배하나와 이지수도 나란히 손을 들었다.

"본부장님이 아니었으면 저희도 일본에서 성공하지 못했을 거예요. 저도 할래요."

"저도요."

유은과 김세희까지 나섰다.

"…애들아?"

감동을 받은 박수호가 말끝을 흐렸다. 외국에 나가 있는 이솔과 하잉만 없었지 전국소녀 멤버들 전원이 이번 앨범 작업에 함께하겠다는 말을 하고 있었다.

"여러분, 하, 한 명이면 충분합니다만?"

나나미가 전국소녀 멤버들을 둘러보며 입을 다물지 못했다.

＊　　　＊　　　＊

[어울림 엔터, 첫 유닛 선보인다! '전국소녀' 유닛 예고!]
[국민 걸 그룹 '전국소녀' 깜짝 유닛 활동 선언!]
[' 전국소녀' 유닛 그룹 멤버는 과연 누구?]
[어울림 엔터테인먼트 내일모레 유닛 그룹 공개한다!]

포털 사이트로 기사가 쏟아졌다.

어울림 신사옥 본사 12층에 위치한 본부장실, 박수호가 심각한 표정으로 모니터 화면을 들여다보고 있었다. 댓글 하나라도 놓칠까, 꼼꼼히 댓글들을 살펴보았다.

휴식기에 접어든 '전국소녀'의 깜짝 활동 선언에 팬들과 더불어 대중들이 큰 기대를 머금고 있었다.

박수호가 의자 뒤로 몸을 묻었다.

"……."

지난 두 달 동안 한국에 머물며 이번 유닛 앨범 작업에 혼신을 기울였다. 전국소녀 멤버들도 최선을 다해주었고, 전국소녀의 담당 팀인 매니지먼트 1팀도 밤낮으로 고생을 했다.

박수호의 시선이 책상 모서리 쪽의 전자 달력으로 향했다. 이제 이틀 후면 제이의 노래가 세상에 선을 보인다.

묘한 감정이 일었다. 설레면서도 두려웠고 기대가 되면서도 걱정이 되었다.

"후우."

박수호가 길게 숨을 골랐다.

"본부장님?"

"네, 네?"

의자 뒤에 몸을 묻고 있던 박수호가 화들짝 놀라 자세를 바로 했다. 나나미가 바로 앞에 다소곳한 자세로 서 있었다.

"언제 들어왔어요?"

"본부장님, 대체 무슨 생각을 그리 하시는 거예요? 노크를 다섯 번이나 했습니다."

"아, 그랬어요? 미안해요. 생각 좀 하느라."

"충분히 그럴 만해요. 오늘 기사까지 나갔으니까 본부장님이 떨릴 만도 하시죠. 첫 앨범이기도 하고 중요한 목적도 있으니까요. 그렇죠?"

"맞아요. 항상 이해해 줘서 고마워요."

"당연하죠. 이 세상에서 저보다 본부장님을 잘 아는 여자는 없을 거예요."

"예?"

묘한 어감에 박수호가 되물었고, 나나미가 얼굴을 붉혔다.

"그, 그냥 그렇다는 거예요. 점심 시간이에요. 가시죠?"

"그래요. 갑시다."

박수호가 의자에서 일어났다.

구내식당은 7층에 위치하고 있었다. 승강기를 타고 7층으로 내려와 보니 점심시간에 맞춰 어울림 식구들이 모여들고 있었다.

"안녕하세요, 본부장님? 식사하러 오셨어요?"

"네. 맛있게들 먹어요."

직원들이 인사를 건네어왔다. 그러다 십대 중반의 소년, 소녀들이 우르르 박수호의 앞으로 몰려들었다. 어울림의 연습생들이었다.

박수호의 입가에 절로 미소가 지어졌다.

"하나, 둘, 셋! 안녕하세요! 본부장님! 식사 맛있게 하시고 건강하세요!"

"고마워요. 식사 맛있게들 해요. 연습도 열심히 하시고."

박수호가 짧게 격려를 한 다음 나나미와 함께 구내식당으로 들어섰다. 무인 결제기 화면 위로 다양한 메뉴들이 떠올랐다.

"본부장님은 뭐 드실 거예요?"

"늘 고민이네요. 나나미 씨는요?"

"전 송지유 정식 먹을래요."

'송지유 정식'이라는 말에 옆 무인 결제기를 통해 식권을 뽑던 직원들이 의아한 얼굴로 나나미를 쳐다보았다.

항상 즐거움을 모토로 하는 어울림답게 메뉴마다 어울림 식구들의 이름이 붙어 있었다. 그중에서도 '송지유 정식'은 저칼로리 고단백 건강 식단으로 유명했지만, 반대로 끔찍한 구성으로 악명을 떨치고 있었다.

"그 도라지 절편 유부초밥이 맛있습니까?"

"네. 제 입맛에는 맞아요."

나나미가 주저 없이 '송지유 정식'을 선택했다.

"본부장님은 '배하나 정식'이시죠?"

"네, 뭐."

박수호가 머리를 긁적였다. 수제 햄버거와 수제 감자튀김, 치즈 피자 한 조각, 치킨 한 조각 그리고 콜라로 구성되어 있는 '배하나 정식'은 인기 상위 메뉴 중 하나였다.

"히히. 수호 오빠, 고마워요. 오빠 덕분에 이번 달은 탑 쓰리 메뉴 안에 들 거 같아요!"

어느새 배하나와 전국소녀 멤버들이 다가와 있었다.

"밥들 먹으러 왔구나? 식권 뽑아줄까?"

박수호가 친히 전국소녀 멤버들의 식권들을 뽑아주었다. 그리고 함께 자리로 향했다.

*　　　　*　　　　*

"이제 며칠 남지도 않았네요. 이틀인가?"

이지수가 본인의 이름을 딴 '이지수 정식'을 먹으며 말했다. 박수호가 고개를 끄덕였다.

"응. 다들 고생 많았어. 정말 고맙다."

"말보다는 한우를 쏘세요."

"그럴까, 지수야?"

"한우! 한우!"

배하나가 한우를 연호했다. 박수호가 빙그레 웃었다.

"그 제이라는 분이 꼭 이 노래들을 들어주셨으면 좋겠어요."

"응. 그리고 수호 오빠랑 꼭 다시 만났으면 좋겠다."

김수정과 유지연의 말에 박수호가 생각에 잠겼다.

만약 제이가 자신이 만들었던 이 노래들을 듣게 된다면 어떤 감정일까, 그리고 무슨 생각을 할까, 정말이지 궁금했다.

"제이를… 만날 수 있을까?"

박수호가 자기도 모르게 혼잣말을 중얼거렸다. 김수정이
수저를 내려놓았다. 그리고 박수호를 쳐다보았다.

"꼭 만날 수 있어요."

                    *   *   *

이틀 후 어울림 엔터테인먼트는 '전국소녀'의 유닛 그룹이자,
어울림 엔터 최초의 유닛 그룹을 대대적으로 선보였다.

두 메인 보컬인 김수정과 유지연으로 이루어진 유닛 그룹
의 정식 명칭은 'JJ'였고, 한글로 풀어서 말하자면 '투 제이'였
다.

토끼 귀를 영어 알파벳으로 형상화한 엠블럼과 함께 하얀
색 원피스 차림을 한 토끼 듀오의 사진이 어울림 신사옥 광고
판에 전면으로 광고가 되었다.

그리고 그다음 날, 음원이 대대적으로 공개가 되었다. 싱글
곡의 제목은 '가을 의자'였다.

싱글곡 공개와 함께 많은 대중들이 의외라는 반응을 보였
다.

댄스 유닛이라고 예상을 했었던 것이 완전히 빗나가 버렸기
때문이었다. 김수정과 유지연이 통기타를 들고 나타났고, 반

응이 엇갈리기 시작했다.

늦은 밤, 박수호가 홀로 본부장실 책상에 앉아 모니터 화면을 뚫어져라 들여다보고 있었다. 모니터 화면에는 대표적인 음원 사이트인 코코넛이 떠올라 있었다.

딸깍, 박수호가 앨범 평가를 클릭해 보았다.

—노래가 촌스럽긴 해도, 유닛 그룹 감사합니다!

—노래는 솔직히 모르겠고, 토끼 듀오 진짜 귀엽다! 최고!

—댄스곡을 기대했는데, 발라드라고? 음.

—가사가 좀 좋긴 함. 멜로디는 애매모호?

—묘한 노래네. 좋은 건지 나쁜 건지 모르겠음 ㅋㅋ

—ㅇㅇ 묘하고 묘해. 그래도 토끼 듀오가 귀여워서 별 다섯 개 꾹! ^^

—몇 번 들은 거로는 평가를 못 하겠다. ㅠㅠ

—전국소녀 메인 보컬 두 명 가지고 이런 곡을? 좀;

애매모호하다는 평가가 계속해서 이어졌다. 음원 차트에서도 고작 중하위권인 62위에 랭크가 되어 있었다.

결국 박수호가 컴퓨터 전원을 꺼버렸다.

"후우."

박수호가 길게 한숨을 내쉬었다. 그리고 의자 뒤로 고개를 젖혔다. 작은 후회가 밀려왔다.

가장 먼저 제이에게 미안했다. 자신 때문에 많은 사람들에게 평가 아닌 평가를 받게 된 셈이었다.

그리고 믿어준 손태명과 어울림 식구들에게 미안했다.

특히 전국소녀 멤버들에게 가장 미안했다. 휴식기도 마다하고 앨범에 참여를 해주었다. 김수정과 유지연은 유닛 그룹의 멤버가 되어주었고, 다른 멤버들도 작사나 작곡 작업에 참여를 했다. 배하나는 앨범에 직접 그림도 그려 넣어주었다.

"……."

문득 오래전 그날, 텅 비어버린 관객석 앞에서 마지막 공연을 펼쳐야 했던 제이가 떠올랐다. 그때 그가 느꼈을 절망과 허탈감의 무게를 이제야 깨달을 수 있었다. 그리고 왜 도망칠 수밖에 없었는지 절실하게 느껴졌다.

"……."

박수호가 쓸쓸히 자리에서 일어났다.

본부장실 조명이 꺼지고 박수호가 홀로 걸음을 옮겼다.

신사옥 뒤편 작은 공원 벤치에 박수호가 앉아 있었다. 조명 아래 박수호의 얼굴 위엔 짙은 그늘이 드리워져 있었다.

딱, 소리와 함께 박수호의 눈앞으로 불쑥 캔 맥주가 나타났다.

"태명 형님?"

캔 맥주 두 캔을 들고 손태명이 서 있었다. 손태명이 박수호의 옆자리에 앉으며 캔 맥주를 홀짝였다.

"시원하게 한 잔 해라."

박수호가 말없이 캔 맥주를 받아 들었다.

"여기서 혼자 자책하고 있었냐?"

"…죄송합니다. 제 사적인 일 때문에 우리 식구들한테 피해를 끼쳤습니다."

"피해? 무슨 피해?"

공원을 바라보고 있던 손태명이 고개를 돌려 물었다. 박수호는 차마 할 말이 없었다. 손태명이 입가에 캔 맥주를 가져갔다. 그런 다음에 다시 입을 열었다.

"우리 어울림이라고 항상 1등만 하란 법은 없어. 1등 제일주의. 우리가 가장 싫어했던 거잖아. 수호야, 그걸 잊은 건 아니지? 음원 성적에 연연하지 마. 네가 연연해야 할 건 그 친구를 찾는 거야. 수정이랑 지연이도 나랑 같은 생각일 거다."

"…형님."

박수호의 눈동자가 흔들렸다.

"밤공기가 차다. 일어나자."

손태명이 벤치에서 일어났다.

*   *   *

오사카 변경의 작은 어촌 마을의 상점가. 레코드 가게 앞에서 네다섯 살로 보이는 남자 아이가 서 있었다.

레코드 가게 유리창 위엔 통기타를 들고 서 있는 김수정과 유지연의 앨범 재킷 표지가 걸려 있었다. 그리고 스크린에선 뮤직비디오가 흘러나오고 있었다.

꼬마 아이가 가게 유리창에 꼭 붙어 눈길을 떼지 못했다.

"아들, 여기서 뭐 하니?"

꼬마 아이의 엄마로 보이는 여자가 장바구니를 들고 나타났다. 꼬마 아이가 계속해서 고개를 갸웃거렸다.

"아들?"

"아빠 노래가 여기서 나와요."

"아빠 노래?"

아이 엄마가 레코드 가게 안을 들여다보았다. 그리고 뮤직비디오에서 흘러나오는 음악 소리에 귀를 기울였다. 대수롭지 않게 여기던 아이 엄마의 표정이 점점 진지해졌다.

"아빠 노래예요."

"정말… 그러네?"

아이 엄마도 이 기이한 일이 신기할 따름이었다.

"아빠한테 가요."

"그래. 우리 가보자."

딸랑. 가게 문이 열리며 모자가 들어섰다. 작은 선술집 안에서는 장사 준비가 한창이었다. 탁자들을 닦고 있던 사내가 환한 미소를 머금었다.

"벌써 시장 보고 온 거야?"

"아빠 노래가 나와."

꼬마 아이가 대뜸 말을 내뱉었다. 사내가 고개를 갸웃거렸다.

"아빠 노래? 아빠가 또 노래 불러줄까?"

사내가 식당 벽에 걸려 있는 기타를 가리키며 물었다. 꼬마 아이가 도리도리 고개를 저었다.

"아니야. 아빠 노래가 나와."

계속되는 아리송한 말에 사내가 고개를 돌렸다.

"여보? 무슨 말을 하는 거야?"

"레코드 가게에서 당신 노래가 나오고 있어요."

"내 노래가?"

대체 무슨 말인지 이해가 되지를 않았다. 그때 꼬마 아이가 사내의 손을 잡았다.

"나랑 가. 아빠 노래 들으러."

"다녀와요. 가게는 내가 보고 있을 게요."

"금방… 다녀올게."

사내가 아들의 손을 굳게 잡고 가게를 나섰다.

*   *   *

"……"

사내의 표정이 심각했다.

어린 아들의 말은 거짓이 아니었다. 레코드 가게 유리창 안에서 익숙한, 아니, 너무나도 친숙한 멜로디가 흘러나오고 있었다.

원곡과는 완성도면에서 큰 차이가 났지만 분명 자신의 노래였다. 그러다 뮤직비디오 화면에서 사내의 시선이 멈췄다.

뮤직비디오 속 남자 주인공의 모습이 누군가를 떠올리게 했다. 낡은 가방과 낡은 야상 재킷, 그리고 대충 말린 더벅머리, 뮤직비디오 속 배우가 지하철 역 계단을 올라갔다.

신오쿠보역의 정경과 함께 이제는 사라진 소극장 올림푸스의 모습이 보였다. 애써 잊고 지냈던 기억들이 하나둘 살아나기 시작했다.

"…수호? 박수호?"

확실했다. 그리고 확인을 해야 했다. 제이가 급히 레코드 가게 문을 열고 들어갔다. 일을 하고 있던 점원이 급한 표정의 제이를 보곤 깜짝 놀랐다.

"손님?"

"이 노래, 언제 나왔습니까?"

"네? 무슨 노래요?"

"지금 나오는 노래, 이 노래 말입니다!"

"아! 이 노래요? 가을 의자라고 전국소녀 유닛 그룹인 투 제이 노래예요."

"가을 의자? 투 제이?"

제이가 그대로 얼어붙었다.

제목까지도 자신의 곡과 똑같았다. 그리고 더욱 놀란 건 그룹 명칭이었다. '투 제이', 영어로 풀이를 해보자면 '제이에게'라는 뜻이었다.

"요즘 한국에서 난리예요. 음원 차트 역주행의 신화! 벌써 한 달 넘게 1위 하고 있다니까요? 얼마 전에 일본어 버전도 발매가 된 거예요. 노래가 단순한데 중독성이 장난 아니더라고요. 손님, 한 장 드릴까요?"

"……."

제이가 고개를 끄덕였다.

앨범을 사 들고 가게로 돌아오자마자 제이가 탁자로 힘없이 주저앉았다.

"여보? 당신 노래, 맞죠?"

"응. 내 노래야."

"어떻게 이런 일이 생길 수가 있죠?"

아내의 물음에 제이가 고개를 들었다.

"여보?"

"……."

제이의 눈동자가 붉게 물들어 있었다. 그리고 앨범 재킷을 쥐고 있는 그의 손이 떨리고 있었다.

앨범 재킷에 그려져 있는 그림들 속에 지난날이 모두 담겨 있었다. 너무나도 절망스럽고 버거워 도망쳤던 그 기억들이었다.

*   *   *

"본부장님? 퇴근하셔야죠?"

"남아서 일 좀 더 하다 갈게요. 먼저 퇴근해요, 나나미 씨."

박수호의 말에 나나미가 조명을 꺼버렸다. 박수호가 고개를 들었다.

"나나미 씨?"

"…본부장님."

문 앞에 서 있던 나나미가 책상 바로 앞까지 걸어왔다. 그리고 박수호와 눈을 맞추었다.

"그러다 건강 상해요. 그거 아세요? 일본으로 돌아온 후부터 매일 밤 10시 넘어 퇴근하시는 거."

"......"

"본부장님은 최선을 다하셨어요. 본인이 제일 잘 아시는 거 아니었나요? 친구분도 사정이 있을 거예요. 그러니 이제 그만 하세요. 언제까지 과거에 묶여 사실 거예요? 왜 지금은 못 보시는 거죠?"

나나미의 목소리가 격앙되어 떨리고 있었다.

"…미안해요. 나나미 씨한테는 항상 미안하고 고맙기만 하네요."

"그것뿐인가요?"

"......!"

박수호의 눈동자가 흔들렸다.

"정말 그것뿐입니까?"

나나미가 다시 물어왔다. 박수호는 대답이 없었다. 결국 실망한 얼굴로 나나미가 돌아섰다.

"먼저 가보겠습니다. 무리하지 마세요, 본부장님."

"나나미 씨."

박수호의 목소리가 나나미를 붙잡았다. 나나미가 고개를 돌렸다.

"더 하실 말씀 있으신가요?"

"한 번만 더 물어볼래요?"

순간 나나미의 입가에 미소가 지어졌다.

"그럼 마지막으로 묻겠습니다. 미안하고, 고맙고, 정말 그것 뿐입니까?"

박수호가 자리에서 일어났다. 그리고 대뜸 나나미를 껴안았다. 그리고 대답했다.

"아뇨, 아닙니다."

*   *   *

신오쿠보역 외곽의 공원 벤치에 슈트 차림의 박수호가 앉아 있었다. 드르륵, 문자 메시지가 울렸다.

박수호가 핸드폰을 들여다보았다. 나나미였다.

[나나미: 본부장님, 그럼 오늘부터 1일인가요?]

[박수호: 네. 아마도?]

[나나미: 아마도? 나나미는 확실한 게 좋습니다! ㅠㅠ]

[박수호: ^^;]

[나나미: 본부장님!!]

[박수호: 미안해요. 귀여워서 장난 좀 쳐봤습니다. 그래요 1일입니다.]

[나나미:).(좋아요! 퇴근하셨죠? 혹시 또 공원에 앉아서 친구분을 기다리시나요?]

[박수호: 역시 나나미 씨는 귀신같네요.]

[나나미: 이 늦은 시간에 친구분이 오실 리가 없잖아요. 들어가세요! 나나미가 마음이 아픕니다! ㅠㅠ]

"하하."

나나미의 문자를 읽곤 박수호가 쓴웃음을 머금었다. 비록 제이는 만나지 못했지만, 소중한 누군가가 생기게 되었다.

문득 이번에도 제이 덕분이라는 생각이 들었다.

우연히 현우를 만나 어울림 엔터테인먼트의 본부장 자리까지 오게 된 것도, 그리고 다스캐 나나미라는 여자를 만나게 된 것도 따지고 보면 모두 제이로 인해서였다.

'언젠간 만나게 될 거야.'

마음을 비우니 한결 편해졌다. 박수호가 벤치에서 일어났다. 이제 나나미를 걱정시키는 건 싫었다.

박수호가 핸드폰을 들었다.

―본부장님?

"네, 접니다."

―이제 집에 가시는 거죠?

"가야죠. 근데 지금 갑자기 나나미 씨가 엄청 보고 싶어졌어요. 어떻게 하죠?"

―어머? 정말요?

"네. 정말요."

―그럼 지금 나갈게요. 우리 술 한잔해요.

"그래요. 집 근처로 제가 가겠습니다."

박수호가 미소를 머금었다.

"연애해? 보기 좋다."

어디선가 들려오는 목소리에 박수호가 고개를 돌렸다.

"……!"

박수호가 그대로 얼어붙었다. 화려했던 옷차림도, 헤어스타일도 사라지고 없었지만 공원 입구에 분명 제이가 우뚝 서 있었다.

"제이?"

"그래."

"정말 제이라고?"

"응. 나다, 수호야."

―본부장님? 제이라고 하셨어요? 서, 설마? 만나신 거예요? 세상에! 꺄아!

핸드폰 너머에서 기쁨에 찬 나나미의 비명 소리가 들려왔다. 가까이로 다가온 제이가 빙긋 웃었다.

"날 찾았던 사람이 역시 너였구나. 여자 친구분이 너보다 더 좋아하는데? 역시나 넌 그때나 지금이나 똑같네. 날 보면 늘 떨떠름한 표정부터 지었잖아."

"나나미 씨, 조금 이따가 전화할게요."

─아뇨! 안 하셔도 됩니다! 나나미, 끊을게요!

통화가 끝났다. 그리고 박수호와 제이가 마주 섰다.

박수호가 메여오는 목을 추스르며 간신히 입을 열었다.

"오랜만이야, 제이."

제이 역시 붉어진 눈동자로 마주 입을 열었다.

"오랜만이다, 수호야."

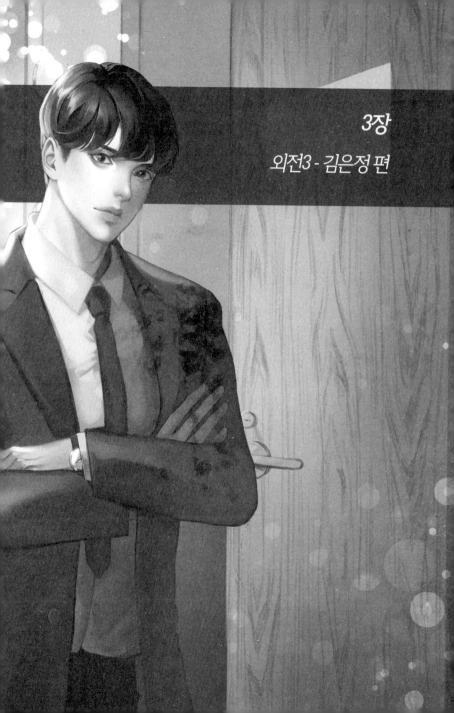

3장

외전3 - 김은정 편

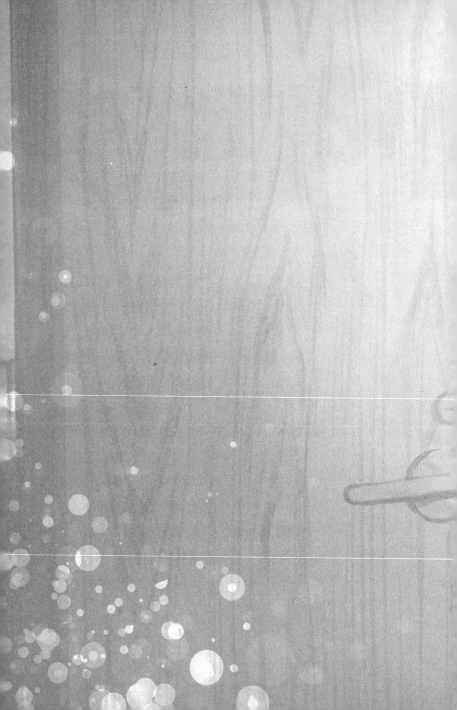

　톡. 톡. 볼펜 끝이 책상을 두드렸다. 볼펜 주인의 시선이 강
의실 맨 앞자리 쪽으로 향했다.

　'오늘도 혼자네?'

　홀로 앉아 수업을 듣고 있는 의문의 동기. 신입생 오리엔테
이션에도 불참을 했었고, 개강을 한 지 2주가 다 되었는데도
그 누구와도 통성명을 나눈 적이 없었다.

　벌써 과에 별의별 소문이 다 돌고 있었다. 유력 정치인의
딸이다. 아니면 재벌가의 숨겨진 딸이다. 하는 소문이 파다했
다.

몇몇 남자 동기들이 호감을 가지고 인사를 건네어보았지만 돌아오는 건 차가운 외면뿐이었다. 덕분에 여자 동기들 사이에서는 벌써부터 악평이 쏟아지고 있었다.

탁. 볼펜을 책상 위에 내려놓고는 턱을 괴었다.

'이상해. 참 이상한 아이란 말이야?'

왜 아웃사이더를 자처하는지 도무지 이해가 되지 않았다. 아웃사이더라고 하기엔 너무 예뻤다. 수업 내내 남자 동기들의 시선이 온통 쏠려 있을 정도였다. 또 어딜 가든 사람들의 주목을 받았다.

"쟤 진짜 재수 없지 않아?"

"인사를 해도 쳐다보지도 않는다는데?"

"우리랑은 급이 다르다 이건가? 지가 공주라도 된다는 거야, 뭐야?"

동기 한 명을 시작으로 불만들이 쏟아져 나왔다.

"은정아, 너는 왜 아무 말도 안 해?"

동기 한 명의 물음에 턱을 괴고 있던 김은정이 화들짝 놀랐다. 짧은 단발머리가 들썩일 정도였다.

"난 잘 모르겠어. 아직 이야기를 해본 적도 없으니까."

김은정이 너스레를 떨며 대답했다. 동기들이 살짝 불만스러운 표정을 지었지만 더 이상 말은 꺼내지 않았다.

'수업 끝나고 인사라도 해볼까?'

김은정의 시선이 다시 강의실 앞줄로 향했다.

* * *

"자, 그럼 오늘은 여기까지 하겠습니다. 다들 수고했어요."

두 시간 만에 지루한 수업이 끝나고 교수가 강의실을 나섰다.

수업이 끝나자마자 패션디자인학과 동기들이 우르르 김은정에게 몰려들었다. 순식간에 동기들에게 둘러싸인 김은정이 에코 백에서 스프링노트를 꺼내 들었다.

"회비는 다들 냈고, 혹시 불참하는 사람은 없지? 손?"

김은정이 동기들을 둘러보며 물었다. 다행히 아무도 손을 들지 않았다. 김은정이 만족스러운 얼굴을 했다.

"좋아. 그럼 지각들 하지 말고! 늦으면 버리고 바로 갈 거야!"

"근데 은정아."

남자 동기 한 명이 불쑥 말을 꺼냈다. 김은정이 고개를 들었다.

"왜? 할 말 있어?"

"그게… 쟤는 참석 안 하나?"

남자 동기가 손을 들어 강의실 앞줄을 가리켰다. 의문의 아웃사이더 동기가 이어폰을 꽂은 채로 노트와 펜들을 챙기고 있었다.

"쟤가 우리 엠티를 왜 가?"

"안 갈걸?"

김은정에게 불만을 쏟아내던 여자 동기들이 대번에 얼굴을 찌푸렸다. 반면 남자 동기들은 다들 아쉬운 표정을 하고 있었다.

"지훈 선배가 가급적이면 1학년들 전부 참석하라고 했었잖아."

"지훈 선배님?"

김은정을 비롯해 여자 동기들이 큰 관심을 보였다. 올해 군대를 전역한 3학년 최지훈은 전형적인 엄친아로 학과 내에서 큰 인기를 구가하고 있었다.

"은정이, 네가 과대 할 거잖아?"

"응? 그럴 것 같긴 해."

"그럼 쟤도 가자고 해봐. 선배들이 좋아할걸? 그럼 나 간다."

남자 동기들이 하나둘 강의실을 나서기 시작했다. 다시 김은정의 시선이 강의실 앞줄로 향했다.

"응? 언제 갔지?"

의문의 아웃사이더 동기가 보이지 않았다. 김은정이 서둘러 에코 백을 챙겨 일어났다.

"오늘 점심은 너희들끼리 먹어. 알았지?"

"어디 가는데?"

"갈 데가 있어!"

김은정이 급히 강의실을 나섰다.

강의실을 나선 김은정이 서둘러 복도 좌우를 살펴보았다. 다행히 좌측 복도 끝에서 아웃사이더 동기의 뒷모습이 보였다.

김은정이 다다다, 복도를 달려 아웃사이더 동기를 따라잡았다. 그리고 톡, 톡, 어깨를 두드렸다.

이어폰을 낀 채로 아웃사이더 동기가 뒤를 돌아보았다.

"……."

관심 없다는 무심한 눈동자, 그리고 차가운 표정이 김은정을 주눅 들게 했다. 김은정이 숨을 고른 다음, 짧은 단발머리를 정리했다. 그런 다음에는 손거울까지 꺼내 화장을 살폈다.

"……?"

아웃사이더 동기가 얼굴을 찌푸렸다.

"이어폰 빼봐."

"들려."

"아니, 이어폰 빼봐. 응?"

김은정의 재촉에 아웃사이더 동기가 이어폰을 뺀 다음, 김은정을 빤히 쳐다보았다.

"할 말이 뭔데?"

"어? 너 내가 누군지는 알아?"

김은정이 깜짝 놀라 물었다.

"……"

아웃사이더 동기는 대답이 없었다. 그저 가만히 쳐다만 보고 있을 뿐이었다.

"너 그래도 과 동기들 얼굴은 아는구나? 의외네?"

"…그래서 할 말이 뭔데?"

의문의 동기가 김은정의 말을 싹둑 잘랐다. 소문대로였다. 차갑고 무뚝뚝하기가 그지없었다.

김은정이 욱하는 감정을 눌러 담으며 에코 백에서 스프링 노트를 꺼내 들었다. 그리고 첫 페이지를 펼쳐보았다.

"너도 엠티 같이 갈래? 오늘까지 회비내면 갈 수 있어. 혹시 몰라서 묻는 거야. 갈래?"

"아니."

"어, 어?"

김은정이 당황해했다. 거절을 할 것이라고 어느 정도 예상은 했었다. 그런데 거절이 너무 빠르고 쉬웠다.

아웃사이더 동기가 이어폰을 끼고는 다시 갈 길을 가기 시작했다. 스프링노트를 들고 멍하니 서 있던 김은정의 한쪽 입가가 씰룩 올라갔다.

'날 개무시해?'

다다다! 김은정이 복도를 달려 다시 아웃사이더 동기의 어깨를 두들겼다. 아웃사이더 동기가 김은정을 돌아보았다. 여전히 이어폰을 끼고 있었다.

김은정의 얼굴이 붉어져 있었다.

"난 안 믿으려고 했는데, 너 소문대로다."

말을 내뱉고도 아차 싶었다. 아웃사이더 동기가 이어폰을 뺐다.

"믿고 싶은 대로 믿어. 난 상관없으니까. 그러니까 앞으로 귀찮게 하지 마. 수업 내내 쳐다보는 것도 부담스러워."

"넌 남들이 네 욕하는 거 아무렇지도 않아? 왜 그래? 대학교 왔으면 친구도 사귀고 그러는 거 아니야? 너 혼자 뭐가 그렇게 잘났어? 예쁘면 다야? 얼굴값 한다 이거지?"

김은정이 속사포처럼 할 말을 내뱉었다. 그러다 고개를 갸웃했다.

"어? 근데 너 내가 쳐다보는 거 알고 있었어?"

"……."

"뭐야? 신경 안 쓰는 척하면서 신경 쓰고 있었네?"

아웃사이더 동기의 표정이 살짝 흔들렸다. 김은정이 능글맞게 웃으며 눈동자를 빛냈다. 그러고는 급히 팔짱을 꼈다.

"엠티 가자. 응? 남자 애들도 그렇고 선배들도 너한테 엄청 관심 많던데?"

"좋아하는 사람 있어."

"어? 누구?"

"있어. 너랑 아무 상관없는 사람. 그리고 엠티 가서 남자들 유치한 장단에 맞춰줄 생각은 없어."

쌀쌀한 대꾸였다.

반면, 김은정의 눈동자가 서서히 몽롱해졌다.

새내기답게 남자 동기들이나 여자 동기들이나 서로를 의식하는 일이 많았다. 누가 예쁜 것 같다느니 아니면 누가 잘생긴 것 같다느니 벌써부터 조짐이 이상했다.

특히 남자 선배들은 이상형 순위까지 정해놓고 별의별 이야기를 주고받고 있었다. 김은정이 강의가 끝나고 눈앞의 아웃사이더를 붙잡은 것도 남자 동기들과 선배들의 간절한 부탁이 있었기 때문이었다.

"와아… 너 멋있다?"

"…뭐라고 했어?"

"멋있다고. 완전 걸크네, 걸크. 생긴 건 불여우 같았는데. 친구들한테 단톡 남겨야지. 왕재수 불여우 아웃사이더가 알고 보니 제대로 걸크였다. 대박 사건."

"뭐? 불여우, 왕재수, 아웃사이더?"

기가 막혀 하던 아웃사이더 동기가 결국 풋 하고 웃어버렸다. 김은정이 와아 또 감탄을 했다.

"너 진짜 예쁘다. 연예인 할 생각 없어? 응?"

"몰라."

"연예인 해. 응?"

아웃사이더 동기가 한숨을 내쉬었다.

"…가수가 꿈이긴 해. 됐지? 그럼 갈게."

몸을 돌리려 했지만 김은정이 굳게 팔짱을 끼고 있는 상태였다. 김은정이 헤헤 웃었다.

"난 김은정."

김은정이 손을 내밀었다. 잠시 고민하던 아웃사이더 동기가 김은정의 손을 마주 잡았다.

"송지유."

"응?"

"내 이름, 송지유라고."

"그래. 지유야, 우리 밥 먹으러 가자."

김은정이 송지유의 손을 잡아끌었다.

"갑자기, 네 마음대로?"

"응. 넌 햄버거 좋아할 거야? 그렇지? 햄버거 먹으러 가자."

"……?"

송지유가 그저 황당하다는 표정을 한 채로 김은정에게 이끌려갔다.

$$* \qquad * \qquad *$$

"그때부터였어요. 내 오래된 시녀 생활은. 흑흑."

김은정이 과장된 연기를 하며 우는 시늉을 했다. 여기저기서 하하 웃음이 터졌다. 열띤 반응에 김은정이 만족스러운 표정을 했다.

송지유에 관한 이야기를 조금만 해주어도 사람들은 참으로 행복해했다.

'김은정'보단 '송지유 베스트프랜드'로 더 알려져 있었지만, 서운하거나 그러지는 않았다. 송지유의 가장 친한 친구라는 사실이 늘 자랑스러웠다.

"대표님, 갓 지유 님이랑 통화 한번 하는 게 저희 소원인데."

직원들이 김은정을 졸라댔다.

몇 년 전 온라인에서 시작한 김은정의 패션 브랜드는 이제 명실상부 인기 브랜드로 자리를 잡아가고 있었다.

어울림 엔터테인먼트의 투자를 받아내었고, 한류 붐과 더불어 김은정의 타고난 센스, 그리고 메인 모델 송지유의 인기에 힘입어 중국이나 동남아시아 쪽에서는 없어서 못 팔 수준이 되었다.

"어? 지유네?"

때마침 영상통화가 걸려왔다. 수십 명에 달하는 직원들이 일제히 비명을 지르고 난리가 났다. 청담동에 위치한 고급 바가 순식간에 파티장이 되어버렸다.

덩달아 김은정도 어깨가 으쓱했다.

"다들 기다려 봐요."

괜히 머리를 가다듬고 김은정이 영상통화를 받았다.

"응! 내 친구! 쏭!"

─쩡! 나 촬영 때문에 힘들어서 죽겠어! 피곤해!

"많이 피곤해요? 쏭?"

─머리도 아야 하고, 어깨도 아야 하고 그리고 김현우 나쁜 새끼!

순간 김은정의 표정이 굳었다.

"현우 오빠가 왜 갑자기 새끼가 돼버렸어? 뭔데 쏭?"

─촬영하고 트레일러로 왔더니 글쎄!

화면 속 송지유가 눈물을 글썽였다. 김은정이 급히 스피커를 줄였다. 직원들도 덩달아 긴장을 머금었다.

"뭔데?"

─글쎄!

"혹시 김현우 바람났어? 이 여자, 저 여자 다 잘해주더니 이럴 줄 알았어! 어떤 년이야?"

김은정이 분통을 터뜨렸다.

김현우의 오지랖은 미국 할리우드에서도 변함이 없었다. 그래서 그런지 주변에 일적으로든 아니면 사적으로든 늘 여자가 넘쳐났다. 한국에서라면 별문제가 없었지만 미국은 달랐다. 상당히 개방적인 곳이었기 때문이었다.

미래를 약속한 송지유가 있는데도 개의치 않는 여자들이 상당히 많았다. 그래서 송지유가 고생 아닌 고생을 하고 있었다.

"내 말이 맞아?"

―트레일러로 왔는데! 먼저 자고 있었어! 김현우 변했어!

"……."

순간 힘이 탁, 빠져 버렸다.

바람이라도 핀 줄 알았더니 피곤해서 먼저 잠이 든 걸 가지고 이 난리를 치고 있었다.

김은정의 표정이 차갑게 식었다. 빈 잔에 와인을 따르고는 김은정이 원 샷을 했다.

"송지유, 그게 다야?"

―그게 다라니? 예전 같았으면 내가 올 때까지 무조건 기다리고 있었어. 커피랑 내가 좋아하는 간식이랑 다 준비해서!

"휴우. 있는 것들이 더 하다더니, 너 진짜 왕재수 불여우 같아. 왕년의 걸크러쉬 얼음 여왕 송지유는 어디 갔어?"

―몰라. 쩡, 어떻게 해야 현우 오빠가 정신을 차릴까?

"야. 시끄럽고 끊어. 진짜 사랑에 미쳤나 봐?"

김은정이 툭, 전화를 끊었다. 지켜보고 있던 직원들이 기함들을 했다.

얼음 여왕이라 불리며 이제는 월드스타라고 불리고 있는 송지유였다. 그런데 김은정이 그런 송지유의 영상통화를 마음대로 끊어버렸다.

"대, 대표님. 그렇게 막 대하셔도 되나요?"

"지유 님이 화가 나지 않으셨을까요?"

다들 진지하게 걱정을 하고 있었다. 김은정이 와인을 채우며 빙긋 웃었다.

"괜찮아요. 친구잖아요? 친구?"

때마침 또 영상통화가 걸려왔다. 김은정이 핸드폰을 들어보았다.

"잘 보세요? 응, 왜?"

―짠! 현우 오빠가 꽃다발 사왔어! 보여? 예쁘지?

"응. 보여. 아주 잘 보인다. 꽃이 아주 튼실하네."

―변한 게 아니었나 봐.

"잘됐네. 근데 저기, 쏭."

―응.

"현우 오빠한테 힘든 일 있으면 언제든 주저 말고 나나 태명 오빠한테 전화하라고 해. 우린 언제든 준비가 되어 있으니까."

―응? 왜?

"그냥 일도 많고 아주 힘들 것 같아서?"

김은정의 능글맞은 대답에 직원들이 입을 막고 웃음을 참
았다.

"근데, 너 한국은 언제 와?"

―곧? 이번 파트 촬영만 끝나면 휴가야. 현우 오빠랑 같이
갈게.

"알았어. 또 연락하자. 현우 오빠한테 힘내라고, 내가 응원
하고 있다고 혼자가 아니라고 전해줘."

―응?

"그리고 여기 우리 회사 직원들! 저번 화보 촬영 때 잠깐 본
적들 있지? 인사나 해줘."

―…….

"쏭?"

―야. 지금까지 우리가 통화한 거 다 들렸어?

"응. 되게 재밌어들 해."

화면 속 송지유의 표정이 차갑게 얼어붙었다.

―…김은정, 한국 가서 보자.

"응! 나도 보고 싶어! 꼭 보자!"

―…그때까지 하고 싶은 거 많이 해놓는 게 좋을 거야.

툭, 전화가 끊어졌다. 잔뜩 긴장하고 있는 직원들을 보며 김은정이 애써 웃어 보였다.

"괘, 괜찮아요. 친군데 설마 죽이기야 하겠어요? 휴우. 송지유 귀국하는 날에 난 미국 가야겠다."

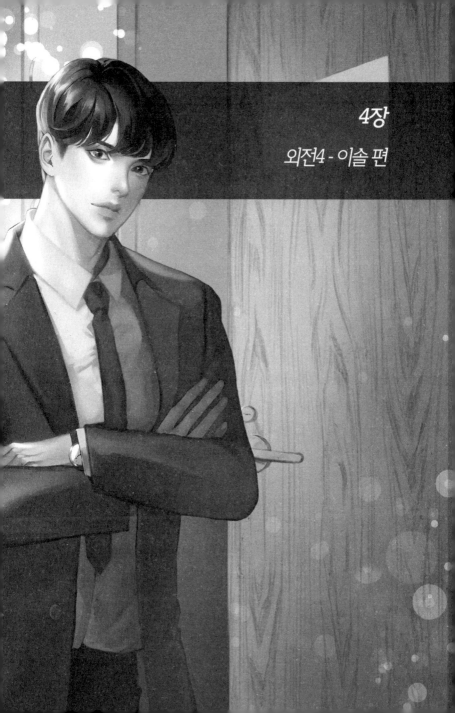

4장

외전4 - 이솔 편

"미안하다, 얘들아."

죄책감으로 물든 목소리가 메아리처럼 머릿속에 울려 퍼졌다.

"……"

"……"

i2i의 숙소엔 짙은 침묵이 내려앉았다. 13명의 어린 소녀들이 푹 고개를 숙인 채로 말이 없었다.

"자유를 찾게 되면 돌아올 거야. 아니, 어쩌면 한동안 시간이 걸릴 수도 있겠다."

현우가 씁쓸하게 미소를 머금었다.

"……."

이솔이 고개를 들어 현우를 쳐다보았다.

어울림 엔터테인먼트의 대표이자 국민 대표로 불리던 철옹성 같은 남자가 군데군데 균열이 나 있었다.

거대 기획사 S&H와의 정면 승부에서도 그리고 지금까지 있었던 수많은 논란들도 정면으로 돌파하던 그런 남자가 지금 이 순간만큼은 그 누구보다도 외롭고 나약해 보였다.

느닷없이 열애설이 터져 버렸고, 거기다 송지유가 재벌가의 사생아라는 게 밝혀지면서 여론이 악화될 대로 악화가 되어 있었다.

결국 여론의 비난을 이기지 못한 송지유가 미국으로 잠적을 해버렸다. 그리고 현우는 그런 송지유를 혼자 둘 수 있는 입장이 아니었다.

"인기라는 게 참 덧없다. 그렇지?"

현우가 쓰디쓴 미소를 머금은 채로 혼잣말을 중얼거렸다.

"대표님은 잘못한 거 없잖아요! 지유 언니도 잘못한 게 없는데! 왜 가야 해요?! 왜?!"

배하나가 훌쩍였다. 현우가 걸음을 옮겨 배하나의 어깨를 두들겼다. 그리고 고개를 숙여 눈을 맞추었다.

"후우. 사람들이 다 우리 하나 같았으면 좋으련만. 하나는 하던 운동 계속 열심히 해. 언젠가 크게 빛을 발할 거야. 그리고 분위기 메이커 배하나답게 씩씩하게 지내는 거야. 알았지?"

현우가 이번에는 이지수와 눈을 맞추었다.

"지수야."

"왜요?"

서운한 마음에 이지수가 삐죽 입을 내밀고 있었다. 현우가 피식 웃어버렸다.

"기회를 놓치지 마. 연습 열심히 해서 이지수가 어떤 래퍼인지 꼭 보여줘. 알겠지?"

"…네."

이지수는 드림걸즈의 제시와 함께 N.NET의 새 힙합 프로그램 출연을 앞두고 있었다.

현우가 고개를 들어 이번에는 김수정과 유지연을 쳐다보았다.

"우리 의젓한 수정이, 멤버들 챙기고 리더 역할 하느라 늘 고생이 많았어. 앞으로도 멤버들을 부탁한다. 그리고 우리 지연이도 궂은 일, 험한 일 다 맡아줘서 정말 고마워."

"…대표님."

"……"

김수정이 입술을 깨물고 있었다. 그리고 송지유만큼이나 차가운 성격인 유지연이 말없이 눈물을 글썽거리고 있었다.

현우가 애써 웃어 보이며 다른 멤버들과도 작별 인사를 나누었다.

그리고 마지막으로 현우가 이솔의 앞으로 섰다.

"솔아."

"…네, 대표님."

"난 항상 솔이를 믿는다."

"……."

이솔이 눈물을 글썽거렸다. 그리고 한편으론 현우가 야속했다. 다른 멤버들에겐 격려와 위로를 아끼지 않았지만 유독 자신에게만큼은 달랐다.

"우리 어울림이 힘들고 어려울 때마다 솔이 네가 있어서 항상 고비를 넘겨올 수 있었어. 솔이도 잘 알고 있지?"

현우가 작게 웃으며 말했다.

그랬다. 엘시의 컴백 솔로 앨범 때도, 그리고 걸즈파워 2기 멤버들과의 정면 승부 때도 이솔이 어울림의 기둥 같은 역할을 했었다.

현우가 이솔의 양어깨를 잡았다. 그리고 똑바로 눈을 맞추었다.

"이솔은 약하지 않아. 소심하고 바보, 울보도 아니야. 우리 어울림 식구들 중에서 가장 강한 아이는 바로 너야. 난 그렇게 믿는다. 그러니까 나랑 지유가 없는 동안은 솔이 네가 우리 어울림을 지켜야 해. 알았니?"

"······."

이솔은 두려웠다. 지금까지 항상 현우의 등 뒤에 숨어 그에게 의지해 왔다. 그런데 그런 현우가 어울림을 부탁하고 있었다.

겁이 나고 두려웠다. 심장이 빨라지고 눈물이 앞을 아른거렸다.

평소 같았으면 벌써 울음을 터뜨렸겠지만 지금 순간만큼은 그러기가 싫었다. 결국 이솔이 입을 앙 다물고는 주르륵, 소리 없이 눈물을 흘렸다.

"부탁한다, 솔아."

그리고 그게 그 남자의 마지막 작별 인사였다.

*   *   *

현우는 송지유를 찾기 위해 대표직을 내려놓고 미국행을 선택했다. 미국으로 도피를 한 현우와 송지유를 놓고 연일 수많은 기사와 함께 비난들이 쏟아졌다.

그리고 어울림 엔터테인먼트 본사 3층에선 전례 없는 심각한 분위기가 연출되고 있었다.

"해체라니요?! 우리 아이들, 마지막 정규 앨범은요?!"

최영진이 잔뜩 흥분을 머금고 있었다. 대표실 책상에 앉아 손태명이 그런 최영진을 물끄러미 쳐다만 보고 있었다.

"상황이 이렇게 된 이상 어쩔 수가 없다, 영진아."

"태명 형님! 이게 말이 됩니까? 지금까지 i2i가 승승장구할 때는 현우 형님이랑 우리한테 다 떠맡겨 놓고는 이제 여론이 이렇게 되니까 빠지겠다, 이겁니까?!"

최영진이 좌중을 둘러보며 소리쳤다.

대표실에 모여 있던 코인 엔터의 백동원 팀장과 플래시즈 엔터의 이기혁 팀장이 차마 고개를 들지 못하고 있었다.

파인애플 뮤직 소속의 실장이 조심스럽게 입을 열었다.

"최 팀장님, 그리고 손 대표님. 죄송합니다. 저 역시 마음이 좋지 않습니다. 하지만 저희 대표님께서 내린 결정입니다. 정말 죄송합니다."

"후우. 어쩌다 일이……."

플래시즈 엔터의 이기혁 실장도 깊은 한숨을 내쉬었다. 이기혁 팀장이나 코인 엔터의 백동원 팀장도 최선을 다해 대표들을 설득해 보았지만 소용이 없었다.

"영진아, 그만하자."

"아뇨! 전 이렇게 i2i 포기 못 합니다!"

"하아……."

울먹이는 최영진을 보며 손태명이 깊은 한숨을 내쉬었다.

i2i의 전담 매니저로서 그간 많은 시간을 함께했던 최영진이었다. 송지유가 미국으로 떠나고 느꼈을 상실감에 비하지는 못하지만, 최영진의 마음도 편할 리 없었다.

"아이들의 인생이 걸린 일이란 말입니다! 아무리 어른들이라고 해도 쉽게 결정할 수는 없는 거잖아요!"

최영진이 소리쳤다.

"그래서 이런 결정을 내린 겁니다, 최 팀장님."

"……!"

파인애플 뮤직 소속 실장의 대답에 최영진이 꿀 먹은 벙어리가 되어버렸다.

어울림을 향한 비난 여론이 들끓고 있는 상황이었다. 현우나 송지유는 물론이고 드림걸즈와 신현우, i2i도 덩달아 비난을 받고 있는 추세였다.

"소속사로 돌아가면 i2i의 예전 인기와 명성에는 비하지 못하겠지만, 적어도 지금보다는 상황이 나쁘지는 않을 겁니다, 최 팀장님."

파인애플 뮤직 실장의 차분한 말에 최영진이 손태명을 쳐다보았다. i2i의 해체 수순에도 왜 손태명이 아무런 말도 하지 않고 있는지 이제야 이해가 되었다. 어쩌면 i2i의 해체가 다른 아이들에게 더 득이 될 수도 있는 상황이었다.

"젠장! 젠장!"

결국 최영진도 더 이상 고집을 피울 수는 없었다.

*   *   *

[i2i 해체 수순, 마지막 정규 앨범 결국 무산!]

[어울림 엔터 향한 비난 도를 넘었다! i2i도 악화된 여론의 희생양으로 전락하나?]

[프로젝트 그룹 i2i 정상의 자리에서 내려온다. 오늘을 기점으로 해체]

[뿔뿔이 흩어진 i2i는 이제 어떻게 되나?]

ㅡ누구 때문에 i2i도 해체네;

ㅡ아, 마지막 앨범도 못 내고 ㅠㅠ

ㅡ해체되면 그냥 다 망하겠네;

ㅡ근데 다른 기획사들 입장에서는 어쩔 수가 없는 거. 여론이 너무 나쁘니까

ㅡㅇㅇ 차라리 소속사로 데리고 와서 그 멤버들 중심으로 데뷔시키는 게 나을 듯

ㅡ어울림은 사실상 하락세니까;

ㅡ김태식이랑 송지유가 떠난 이상 끝난 거죠; 그나마 엘시가 있으니 망하지는 않을 듯?

"……"

"……"

어울림 지하 연습실에서 조금씩 흐느끼는 울음소리가 들려오기 시작했다. i2i 멤버들이 서로를 껴안은 채 울고 있었다.

"……"

그리고 그 모습을 지켜보며 최영진은 그 어떠한 위로도 건네지 못하고 있었다.

"영진 오빠, 오늘이 정말 마지막이에요?"

플래시즈 엔터로 돌아가는 서아라가 울먹이며 최영진에게 물었다. 코인 엔터 소속이자 막내 멤버인 전유지도 최영진에게 눈빛으로 묻고 있었다.

"…내가 힘이 없어서 정말 미안해, 얘들아."

마음이 여린 최영진이 결국 눈물을 흘렸다. 지하 연습실이 순식간에 울음바다가 되어버렸다.

그때 손태명이 지하 연습실 문을 열고 나타났다. 그리고 눈앞에 펼쳐진 광경에 얼굴을 굳혔다.

"다들 뭐 하고 있는 거야!?"

손태명의 외침에 지하 연습실이 일순간 고요함으로 물들었다. 손태명이 최영진에게 다가와 멱살을 거머쥐었다.

"너까지 대체 왜 그러는 거야?!"

"태명 형님은 아무렇지도 않으세요?! 우리가 지금까지 이루어놓은 게 한순간에 다 날아가게 생겼단 말입니다!"

최영진이 고래고래 소리를 질렀다.

"그래서, 이렇게 애들이랑 같이 울고불고 세상 끝난 사람처럼 행동할 거냐?!"

"형님!"

"지유가 떠났어! 그리고 현우 그 녀석도 떠났어! 난 필사적으로 우리 어울림을 지켜보려고 하고 있어! 근데 최영진 넌?!"

"……."

손태명이 멱살을 풀었다. 최영진이 소매로 눈가를 훔쳤다. 그리고 손태명을 똑바로 쳐다보았다.

현우와 송지유가 떠나고 나서 여론의 비난이 더욱 거세져 있는 상황이었다. 그리고 현우 대신 굳건하게 중심을 잡아주고 있던 천하의 손태명마저 위태위태해 보였다.

'……'

순간 최영진의 머리가 차갑게 식었다. 더 이상 응석을 부리고 있을 때가 아니었다.

"죄송합니다, 태명 형님."

"…이제 정신이 좀 들어?"

손태명이 최영진의 어깨를 꾹, 잡았다.

그리고 오늘부로 어울림을 떠나는 서아라와 전유지, 양시시, 차보미와 권예슬 쪽으로 고개를 돌렸다.

"오늘의 이별이 슬프고 힘들 거야. 하지만 반드시 i2i의 이름 아래 너희들은 다시 모이게 될 거다. 내가 약속할게. 내가 못 지킨다면 현우가 지킬 거고, 현우가 못 지킬 거면 여기 영진이가 지킬 거야."

손태명의 말에 어울림을 떠나는 멤버들이 고개를 끄덕거렸다. 손태명이 다시 말을 이어갔다.

"그때까지 각자의 소속사에 충실하자. 특히 서아라. 할 수 있지?"

손태명이 서아라를 쳐다보았다. '프로듀스 아이돌 121' 때부터 인성 논란 등 여러 논란이 있었던 서아라였다. 현우와 송지유가 서아라의 멘탈을 붙잡아주지 않았더라면 어린 나이에 연예인 인생이 끝났을 아이였다.

"······."

"약속하자. 다시 만날 그 날까지 지금처럼 착한 서아라로 살기로."

"네!"

서아라가 눈물을 머금은 채로 고개를 끄덕였다.

"유지랑 시시도 너무 걱정할 거 없을 거야. 백동원 팀장님도 그렇고 프리즘 멤버들도 착한 아이들이니까."

"네, 실장님."

"네."

전유지와 양시시가 힘차게 고개를 끄덕였다. 반면, 파인애플 뮤직 소속의 차보미와 권예슬은 고개를 들지 못하고 있었다.

i2i의 해체 수순에 본인들의 소속사가 가장 큰 역할을 했다는 것을 잘 알고 있기 때문이었다.

손태명이 두 아이들을 보며 부드럽게 웃었다.

"너희들 잘못이 아니야. 우리 웃으면서 헤어지자."

"…네, 그럴게요."

두 멤버들도 애써 웃어 보였다.

손태명이 안경을 고쳐 쓰며 입을 열었다.

"일 년 넘게 한국, 일본을 오고 가면서 정말 수고가 많았다. 당분간 무기한 휴가를 줄 생각이야. 다들 수고했다. 영진아?"

손태명이 최영진을 쳐다보았다. i2i의 전담 매니저는 손태명 자신이 아니라 최영진이었다. 최영진이 고개를 끄덕였다.

그리고 먼저 손을 내밀었다. i2i 멤버들이 일제히 손을 모았다.

"하나! 둘! 셋!"

리더인 김수정의 외침이 끝나고 i2i 멤버들이 일제히 입을 모았다.

"소녀들의 꿈은 무대 위에!"

"다시 모일 그 날까지 최선을 다하자!"

최영진이 마지막 구호를 외쳤다.

그리고 그렇게 i2i 멤버들이 하나둘 연습실을 떠나기 시작했다.

소속사가 다른 멤버들은 소속사 매니저들과 함께 지하 연습실을 떠났다.

개인 연습생 출신이거나 소속사가 없는 멤버는 미래를 결정하지 못한 채로 지하 연습실을 떠나야 했다.

그렇게 지하 연습실엔 어울림 소속 멤버들만 덩그러니 남겨졌다.

"쉬고 싶어. 미안, 얘들아."

"나중에 연락할게."

늘 중심을 잡아주던 리더 김수정과 군기반장 유지연도 힘없이 지하 연습실을 떠났다.

"……."

"……."

악동으로 유명한 배하나와 이지수도 오늘은 무거운 표정으로 지하 연습실을 벗어났다.

최영진과 손태명도 쓸쓸히 연습실을 떠났다.

"……."

홀로 남겨진 이솔이 지하 연습실을 둘러보았다. 늘 멤버들로 북적이던 연습실이 조용히 죽어 있었다.

곳곳에 멤버들의 흔적이 보였다. 눈물이 차올랐다.

"대표님, 저는 이제 어떻게 해야 하죠?"

결국 이슬이 눈물을 흘렸다. 멤버들을 만나기 전, 이슬은 늘 혼자였다. 내성적이었고 소심했다. 멤버들 덕분에 밝아졌다는 이야기도 많이 들었었다.

하지만 이렇게 또 홀로 남겨지고 말았다.

'이슬은 약하지 않아. 소심하고 바보, 울보도 아니야. 우리 어울림 식구들 중에서 가장 강한 아이는 바로 너야. 난 그렇게 믿는다. 그러니까 나랑 지유가 없는 동안은 솔이 네가 우리 어울림을 지켜야 해. 알았니?'

현우가 당부했던 말들이 머릿속으로 맴돌았다. 울먹이고 있던 이슬이 피가 배어나올 듯 입술을 깨물었다. 그리고 소매로 눈물을 쓱쓱, 훔쳤다.

"이슬은 약하지 않아. 소심하고 바보, 울보도 아니야. 이슬은 약하지 않아. 소심하고 바보, 울보도 아니야!"

마치 주문처럼 현우가 남겼던 말들을 되뇌었다. 그러자 정말 신기하게도 자그마한 용기가 생겼다. 더 이상 눈물도 나오지 않았다. 두렵고 겁이 나지도 않았다.

연습실에 가만히 서서 이슬이 작은 주먹을 힘껏 꼭 쥐었다. 이제는 언제나 자신을 든든하게 지켜주었던 사람과의 약속을 지킬 차례였다.

딸랑. 카페 문이 열리고 아담한 체격의 소녀가 모습을 드러내었다. 검은색 모자에 검은색 마스크로 얼굴을 가린 소녀가 카페 안을 유심히 살폈다.

"지연아, 여기야~"

나지막하지만 익숙한 목소리가 들려왔다. 유지연의 고개가 카페 구석 쪽으로 향했다.

작은 룸의 문이 살짝 열려 있었다. 그리고 문 틈 사이로 하얀색 모자를 쓴 김수정이 고개를 내밀고 있었다.

혹시 누가 알아볼까 유지연이 얼른 걸음을 옮겼다.

의자에 앉자마자 유지연이 모자와 마스크를 벗었다. 김수정이 굳게 문을 닫고 옆자리에 앉아 유지연을 꼭 끌어안았다.

"보고 싶었어, 지연쓰."

"나도 보고 싶었어, 수정쓰."

둘 만의 애칭을 부르며 김수정과 유지연이 서로의 얼굴을 확인했다. 그동안 전화 통화로 안부는 주고받고 있었지만, 직접 얼굴을 보는 건 두어 달 만의 일이었다.

"얼굴 많이 상했네."

"……"

김수정이 반쪽이 된 유지연의 얼굴을 확인하곤 표정을 굳혔다. 유지연도 김수정의 홀쭉해진 볼을 쓰다듬으며 울상을 지었다.

"우리 호빵 리더도 볼살이 홀쭉해졌어."

"괜찮아, 괜찮아. 오랜만에 지연쓰 보니까 너무 좋다."

"나도."

김수정과 유지연이 또 서로를 끌어안았다.

"얼씨구. 아주 좋아 죽네? 죽어. 그동안 방해해서 미안했다?"

불쑥 들려오는 목소리에 김수정과 유지연이 화들짝 놀라 문 쪽을 바라보았다.

이지수가 팔짱을 끼고는 한껏 불량스러운 표정을 짓고 있었다.

순간 김수정의 얼굴이 환해졌다.

"지수야! 못 온다며? 가족들이랑 휴가 갈 거라며?"

"이렇게 둘이 붙어먹는 꼴 보기 싫어서 왔다. 왜?"

그렇게 말하곤 이지수도 환하게 웃었다. 그러고는 김수정과 유지연을 동시에 끌어안았다.

"못 본 사이에 둘 다 작아졌네? 응?"

이지수가 김수정과 유지연의 머리 위에 척, 손을 올리며 놀렸다.

"네가 큰 거야. 이 학다리야."

유지연이 이지수를 살짝 올려다보며 볼멘소리를 했다.

"부러우면 부럽다고 해."

이지수가 쾌활하게 웃으며 자리에 앉았다. 그러고는 기다란 다리를 꼬았다. 유지연이 고개를 갸웃했다.

"네 영혼의 듀오 배하나랑 같이 온 거 아니었어?"

"전주에서 올라오는 길이래. 지금쯤 올 때가 된 것 같은데?"

호랑이도 제 말 하면 온다고 했던가. 룸 카페의 문이 벌컥, 열리며 배하나가 나타났다.

"어? 어? 하나야?!"

배하나를 확인한 김수정이 눈을 크게 뜨며 놀랐다.

"뭐, 뭐야?! 저거 배하나 맞아?"

이지수도 깜짝 놀라며 입을 쩍 하고 벌렸다.

*   *   *

"배하나, 제법이네."

유지연이 빨대를 잘근잘근 씹으며 배하나를 칭찬했다. 앙숙 관계에 놓여 있는 유지연의 칭찬에 배하나의 어깨가 으쓱해졌다.

"히히. 어때? 나 짱이지?"

"응. 완전 짱인 듯."

이지수가 배하나를 부러운 듯이 바라보았다.

걸 그룹 멤버치곤 통통한 체격을 유지하고 있던 배하나가 두 달 사이에 완전히 달라져 있었다. 편안한 복장이었지만, 굴곡을 숨길 수가 없을 정도였다.

"대체 몇 키로나 뺀 거야?"

유지연이 배하나를 살펴보며 물었다. 배하나가 양손을 들어 손가락 여섯 개를 들어 보였다.

"히히. 육 키로. 치킨이랑 피자 끊었더니 이렇게 됐어."

"그동안 치킨이랑 피자가 잘못했네, 잘못했어. 근데 피자랑 치킨 끊었다고 이렇게 된다고?"

이지수가 믿지 못하겠다는 표정을 했다. 배하나가 히히 웃으며 고개를 끄덕여댔다.

"그것뿐이야? 진짜?"

이지수가 재차 질문을 했다. 배하나가 상체를 쭉 내밀었다.

"응, 유전이야. 타고난 거라고, 이지수."

"야? 너 방금 우리 엄마 공격한 거야?"

"아니? 너 공격한 건데?"

배하나가 메롱, 약을 올렸다.

"유전자가 머리로 안 가고 그리로만 간 거지. 역시 세상은 공평해."

이지수도 물러서지 않았다. 잠시 이해를 하지 못하다가 배하나의 얼굴이 붉어졌다.

"막대기."

"아이큐 두 자리."

배하나가 이지수가 서로에게 악담을 하며 노려보기 시작했다.

그 모습을 보며 김수정이 킥킥 웃기 시작했다. 평소였으면 냉기를 뿜어냈을 유지연도 웃기 시작했다.

"우리가 웃겨?"

배하나가 물었다. 이지수가 고개를 끄덕거렸다.

"응. 우리가 좀 웃겨, 하나야."

"인정."

"그럼 화해하실?"

"오키."

배하나와 이지수가 서로를 부둥켜안았다.

"배하나는 역시 푹신해."

"그렇지? 히히."

금방 죽이 맞는 두 멤버들을 보며 김수정이 미소를 머금었다.

"얘들아, 우리 셀카 하나 찍어서 단톡방에 올리자. 응? 다른 아이들도 궁금해할 거야."

"리더답네. 좋아."

유지연이 핸드폰을 꺼내 들었다. 네 멤버가 찰싹 달라붙었다.

"셀카는 장신파지. 단신파는 양보 좀."

이지수가 유지연으로부터 핸드폰을 뺏어 들었다. 그리고 각도를 잡기 시작했다. 촬영 버튼을 누르려는데 갑자기 김수정이 짝! 박수를 쳤다.

"맞다!"

"왜? 방금 각 죽였는데!"

"지수야, 애들아. 솔이, 우리 솔이!"

김수정의 말에 멤버들은 아차 싶었다. 뭔가 허전하다는 느낌이 들었는데, 그리고 보니 이솔이 보이지 않았다.

찰싹 붙어 있던 멤버들이 급히 떨어졌다. 김수정이 입을 열었다.

"솔이랑 연락되는 사람 있어?"

"……."

"……."

이지수와 유지연이 고개를 저었다. 김수정의 시선이 배하나에게로 향했다.

"하나, 너는?"

"코코넛 톡도 안 읽고, 전화도 안 받던데? 일본 집에 가 있는 거 아닐까?"

배하나의 말에 김수정이 팔짱을 끼며 생각에 잠겼다. 그러다 김수정의 표정이 급격히 어두워졌다.

"…내 잘못이야. 내가 솔이를 꾸준히 챙겼어야 했어."

김수정의 목소리가 흔들렸다.

다른 멤버들도 푹 고개를 숙였다. 여기 모여 있는 네 멤버들은 S&H에서 어렸을 적부터 함께 연습생 생활을 했던 경험이 있었다. 또 동갑내기 친구 사이이기도 했다.

반면 이솔은 가장 늦게 합류를 했고, 나이도 한 살 어렸다. 또 유난히 성격이 조용하고 마음도 여렸다.

"우리가 못난 언니들이었네."

유지연의 냉정한 자아성찰에 이지수가 머리를 긁적였다.

"그럼 일본 가자!"

배하나가 초롱초롱 눈동자를 빛내며 소리쳤다. 이지수가 픽, 배하나를 비웃었다.

"하여간 배하나, 단순해 가지고."

"좋은 생각이네."

"응? 지연아? 뭐라고? 내가 잘못 들었나? 네가 왜 배하나 편을 들어?"

"왜? 지연이도 달라진 나한테 반한 거지?"

"뭐래?"

배하나와 이지수가 또 투닥거렸다. 유지연이 절레절레 고개를 저었다. 홀로 골똘히 생각을 하고 있던 김수정이 고개를 들었다.

보조개가 파이며 김수정이 살짝 웃었다. 그리고 말했다.

"솔이 데리러 일본 가자, 애들아."

"지, 진짜?"

이지수가 물었다. 김수정이 힘차게 고개를 끄덕였다.

"응. 이렇게 축 쳐져 있는 것보단 차라리 여행 겸 솔이도 찾을 겸 일본 가자. 응?"

"콜! 콜! 나 솔이네 가게 갈래! 저번 크리스마스 휴가 때 거기서 온 음식들 진짜 쩔었어!"

배하나가 신이 나서 발을 동동 굴렀다.

*　　　*　　　*

"와아. 뭔가 멋있다."

배하나가 하얀색 기와로 된 시장 입구를 올려다보며 감탄을 했다. 하얀색 기와로 된 천장에 빨간색 글씨로 '흑문시장'이라고 크게 쓰여 있었다.

"빨리 가자."

"응."

유지연이 배하나의 팔을 잡아끌었다.

리더인 김수정을 선두로 멤버들이 입구를 지나 흑문시장에 발을 들였다. 시장 안은 관광객들을 비롯해 현지 주민들로 북적였다.

멤버들 모두가 시장 좌우에 펼쳐진 다양한 상점들에서 시선을 떼지 못했다. 멤버들이 정신없이 구경에 빠져 있는 사이 시장 안이 조금씩 소란스러워지기 시작했다.

모자나 마스크로 얼굴을 가리긴 했지만, 멤버들 모두가 유난히 눈에 띄었다.

"처자들은 어디서 온 겨? 곱네, 고와."

나이가 지긋한 상점 할아버지가 일본어로 물어왔다. 배하나가 얼른 일본어를 알아들었다.

"한국에서요! 저희 i2i라고 하는데 모르세요?"

"i2i? 호오."

상점 할아버지가 연신 고개를 갸웃거렸다. 분명 어디서 많이 들어본 이름이었다, 그때 가게 안에서 30대 중반의 남자가 걸어 나왔다.

"아버지? 무슨 일이세요?"

"그 뭐냐, 미라이시 상회네 딸이 가수라고 했었지?"

"네. 한국이랑 일본에서 유명하잖아요, 아버지."

"저 처자들이 미라이시 상회네 딸 친구들이라고 하는 겨."

"예?"

남자가 멤버들을 살펴보았다. 그러더니 들고 있던 칼을 툭,

떨어뜨렸다. 일언반구도 없이 남자가 황급히 가게 안으로 들어갔다.

"뭐지?"

이지수가 황당해했다. 분명 알아보는 것 같았는데, 갑자기 남자가 사라져 버렸다.

"어? 다시 오셨다?"

배하나가 남자를 가리켰다.

잠자코 있던 김수정의 보조개가 깊이 파였다. 가게 안으로 들어갔던 남자가 i2i의 굿즈들로 중무장을 하고는 다시 나타난 것이었다.

목도리니 모자니 죄다 김수정의 사진이 박혀 있었다.

"패, 팬입니다!"

남자가 대뜸 소리쳤다.

김수정을 비롯해 멤버들이 흐뭇한 표정들을 했다. 팬과의 만남은 언제나 행복하고 기분 좋은 일이었다.

"호빵좌 만세!"

자신의 별명을 부르는 팬을 보며 김수정이 양쪽 볼을 친히 늘려주었다. 그 옆에 서 있던 이지수와 배하나가 김수정의 팔 하나씩을 잡았다. 그러자 김수정의 양볼이 쭈욱 찹쌀떡처럼 늘어났다.

일본 팬들이 유난히 좋아하는 김수정의 개인기였다.

"아… 아……."

팬의 얼굴이 몽롱해졌다.

"눈앞에서 모찌~ 모찌~를 보다니 이제 죽어도 여한이……."

몽롱해 있던 팬이 얼른 정신을 차렸다.

"근데 여긴 어쩐 일로? 아, 맞다. 이솔 님을 보러 온 거군요?"

"네. 맞아요. 혹시 솔이 보셨어요?"

김수정이 능숙하게 일본어를 구사했다. 팬이 고개를 갸웃거렸다.

"그게, 잘 모르겠네요?"

"하긴, 대놓고 나 이솔이다! 하고 다닐 리가 없잖아."

유지연의 말에 멤버들이 수긍들을 했다.

"제, 제가 미라이시 상회까지 안전하게 모시겠습니다! 아버지! 가게 좀 계속 봐주세요!"

팬이 얼른 가게 앞으로 나왔다.

"가시죠!"

그리고 씩씩하게 멤버들을 이끌기 시작했다. 시장 안쪽으로 깊이 들어가자 점점 더 사람들이 많아졌다.

사람들이 길게 줄을 서 있었고 3층짜리 마구로(참치) 가게가 우뚝, 자리를 지키고 있었다.

"다 왔습니다! 여기입니다!"

"네. 스즈키 씨, 감사했어요."

김수정이 꾸벅 고개를 숙였다. 스즈키라 불린 남자도 꾸벅 고개를 숙였다.

"제가 영광이죠! 그럼 저는 가보겠습니다!"

몸을 돌려 돌아가려던 스즈키가 다시 고개를 돌렸다. 그리고 머뭇거렸다. 김수정이 괜찮다며 눈짓을 해주었다.

"…그 주제넘은 말일 수도 있지만, 다시 꼭 활동하시리라고 믿습니다!"

팬이 힘겹게 꺼낸 말에 김수정을 비롯한 멤버들이 흠칫했다. 하지만 팬 앞에서 우울한 티를 내기는 싫었다.

"네. 기다려 주세요. 꼭 새 앨범으로 돌아올게요."

김수정이 애써 웃어 보이며 대답을 했다. 그리고 팬의 모습이 사라질 때까지 시선을 떼지 못했다.

"…이제 솔이 만나러 가자."

유지연이 멍하니 서 있는 멤버들을 재촉했다. 기운을 차린 멤버들이 유지연을 선두로 가게 앞으로 걸음을 옮겼다.

"손님, 대기표를 드릴까요?"

직원 한 명이 물어왔다. 배하나가 대기표를 받아 들고는 입을 열었다.

"저어, 혹시 집에 솔이 있어요?"

조금은 어감이 이상했다. 알아듣지 못한 직원이 눈동자를 꿈뻑거렸다.

이지수가 배하나의 옆구리를 찔렀다.

"멍청아. 너 옆집 놀러 온 초딩이야? 솔이 집에 있어요?"

"왜!? 내가 틀린 말 했어?!"

느닷없이 또 싸움이 붙어버렸다. 유지연이 질끈 두 눈을 감았다.

"이 멍청이들을 일본에 데리고 온 내 잘못이지."

"지, 지연아."

김수정이 유지연을 달랬다. 어찌 며칠 잘 참는다 했더니 인내심의 한계가 온 모양이었다.

그때였다. 갑자기 사람들이 몰리기 시작했다.

"배하나랑 이지수다!"

"김수정이랑 유지연도 있다!"

한국 관광객들을 시작으로 일본 사람들까지 멤버들을 알아보기 시작한 것이었다.

"저, 저기 이제 아셨죠? 저희 솔이 보러 왔는데, 일단 가게로 좀!"

김수정이 다급히 부탁을 했다. 때마침 가게 뒷문이 열리며 자태가 고운 중년 여성이 고개를 내밀었다.

"이리로들! 어서!"

"가자! 얘들아!"

김수정이 멤버들을 끌고는 가게 뒷문으로 달렸다.

탁! 가게 뒷문이 닫혀 버렸다. 멤버들이 놀란 가슴을 쓸어
내렸다. 하마터면 제대로 영업 방해를 할 뻔했다.

김수정이 숨을 고르며 꾸벅, 고개를 숙였다.

"감사합니다, 감사합니다."

"아니에요. 우리 솔이 언니들이죠? TV에서 보다 이렇게 보
니까 너무 기쁘네요. 호호."

"어머니! 진짜 예쁘세요!"

"하나 씨죠? 고마워요. 실물로 보니까 정말 예쁘네요?"

"감사합니다!"

이솔의 어머니가 배하나부터 차례차례 멤버들을 꼭 안아주
었다. 김수정이 품에서 빠져나오며 입을 열었다.

"저어, 어머니… 근데 솔이는 어디에 있어요?"

"우리 솔이? 여기 없는데요?"

"네, 네?!"

김수정이 화들짝 놀라 뒤로 넘어질 뻔했다. 싱글벙글 웃고
있던 멤버들도 멍한 표정들을 했다.

"소, 솔이, 집에 온 거 아니었어요, 어머니?"

배하나가 재차 물었다. 이솔의 어머니가 고개를 저었다.

"네. 정말 일본에 오지 않았는데요?"

"…망했다."

이지수가 이마를 짚고는 휘청거렸다.

"후우."

대표실 문밖으로 손태명의 깊은 한숨 소리가 흘러나왔다. 업무를 보고 있던 어울림 직원들도 덩달아 한숨을 내쉬었다. 그러고는 다들 대표실 쪽을 바라보며 망설였다.

"제가 가보겠습니다."

결국 최영진이 자리에서 일어났다. 똑똑, 노크를 한 다음 최영진이 대표실 문을 열고 들어갔다.

의자 뒤에 머리를 기대고 손태명이 생각에 잠겨 있었다. 벌써 며칠째 회사에서 퇴근도 하지 못하고 있는 손태명이었다. 까칠한 얼굴을 살피며 망설이다가 최영진이 입술을 열었다.

"태명 형님."

"…왔어?"

손태명이 눈을 뜨고는 자세를 바로 했다. 최영진이 한숨을 삼켰다.

"요즘… 힘드시죠?"

"후우. 그래도 다행히 최악의 시기는 벗어난 거 같다, 영진아."

그렇게 말하곤 손태명이 씁쓸한 미소를 머금었다.

송지유가 광고 모델로 활동 중인 기업들의 태반이 광고 모델을 교체했다. 엘시도 광고 하나를 잃었고, i2i는 말할 것도 없었다.

다행히 벌어놓은 수익이 워낙 많아 신사옥 건설과 더불어 당분간 큰 걱정은 없었다. 하지만 언제까지 벌어놓은 수익에만 의지를 할 수는 없는 일이었다.

그리고 무엇보다도 대표인 현우의 빈자리가 너무 컸다.

"여론은 좀 어때?"

"비슷해요. 다들 물어뜯지 못해서 안달이 난 사람들 같아요."

최영진도 허탈했다.

어울림을 찬양하던 사람들이 하루아침에 돌아서 있었다. 다행히 아직까지도 지지를 해주는 팬들이 있었지만 딱 거기까지였다. 덕분에 어울림 소속 모든 연예인들이 최대한 활동을 자제하고 있는 상황이었다.

"아이들은?"

"잘 쉬고 있는 것 같아요. 제가 꾸준히 연락은 하고 있어요. 너무 걱정마세요."

"수고했다. 솔이는?"

손태명이 이솔의 이름을 거론하자 최영진의 얼굴이 굳었다. 손태명도 표정이 썩 좋지 않았다.

"…여전히 지하 연습실에서 나오지 않고 있어요. 새벽에만 잠깐 나와 다니는 것 같습니다."

"…그래?"

손태명이 또 깊은 한숨을 내쉬었다.

현우와 송지유가 미국으로 도망치듯 떠나고 어울림 식구들 모두가 큰 상처를 받았다. 그리고 그중에서도 신지혜와 이솔의 상처가 가장 컸다.

신지혜는 매일 울기만 했고, 단단히 상처를 받은 이솔은 지하 연습실 문을 걸어 잠그고 벌써 두 달 가까이 잠수를 타고 있었다.

어울림 직원들이 설득을 해도 얼굴 한 번을 볼 수가 없었다. 하늘같이 여기는 선배 엘시의 간절한 부탁도 통 먹히지 않았다.

손태명이 깍지를 꼈다.

"무대 공포증이라도 다시 도진다면 큰일이야. 지유에 이어서 솔이마저 잃을 수는 없어."

"그렇죠."

"오늘이 며칠째지?"

"64일째입니다, 형님."

"새벽에는 나온다고 쳐도, 더 이상 지켜만 보고 있을 수는 없어. 방법이 없다면 문이라도 따자, 영진아."

"예, 형님."

최영진이 고개를 끄덕였다. 어쩔 수가 없는 선택이었다.

"참, 현우한테 연락이 왔어."

"예?! 정말요?!"

"그래. 지유를 찾았대."

"그래요?"

최영진의 표정이 대번에 밝아졌다. 반면 손태명은 여전히 표정이 어두웠다.

"문제는 지유가 한국에 오기를 거부하는 모양이야. 현우도 지유 옆에 있어줘야 할 것 같고."

"당연하죠. 지유가 느꼈을 배신감이 꽤 클 거예요."

최측근인 만큼 최영진도 송지유의 심정을 헤아리고 있었다.

"태명 형님."

"응, 말해."

"미국 영화만 개봉하면 여론이 확 달라지겠죠?"

"그렇겠지. 그러니까 현우도 미국 쪽 일에 올인을 하고 있는 거고."

"하아. 이런 말 하기는 뭐하지만 조금 그렇습니다, 형님."

최영진이 한숨을 내쉬었다. 그 모습을 보며 손태명도 쓰게 웃었다.

'Galaxy Wars'가 전 세계에 개봉을 하면 분명 여론이 달라질 것이라고 현우도, 또 어울림 식구들도 어느 정도는 예상을 하고 있었다. '국뽕' 앞에 장사가 없다는 게 매니지먼트 업계에서 돌고 있는 일종의 정설이었다.

"영진아, 철용이 불러와."

"결국 강제로 문을 따야 하는 겁니까?"

"어쩔 수 없어. 방금 전에도 말했지만, 솔이마저 잘못되면 우린 정말 끝이다, 영진아."

"예."

최영진이 씁쓸히 돌아섰다.

그때였다. 갑자기 대표실 문이 벌컥 열렸다. 손태명과 최영진이 동시에 한곳을 응시했다.

빛을 등진 채로 이솔이 서 있었다.

*   *   *

"솔아? 나온 거야? 괜찮은 거야?"

최영진이 다급히 이솔을 살폈다. 다행히 외관상 큰 문제는 없어보였다. 달라진 게 있다면 처음 봤을 때처럼 검은색 뿔테 안경을 쓰고 있다는 것이었다.

이솔이 꾸벅, 고개를 숙여 보였다.

"걱정시켜 드려서 죄송합니다. 실장님, 팀장님."

미안한 마음에 이솔이 어색하게 웃어 보였다.

"……."

손태명이 안경을 고쳐 썼다. 무표정한 손태명을 보며 최영진이 불안해했다.

다행히 손태명이 질책 대신 부드러운 미소를 머금었다.

"고생했다. 마음 정리는 다 끝났고?"

"네. 끝났어요."

"그래. 나도 더 이상은 묻지 않을게. 영진아?"

"예."

최영진이 이솔의 어깨를 감싸 쥐었다. 새벽에 밖으로 나와 다니기는 했지만 그래도 두 달이나 폐쇄된 공간에서 생활을 한 이솔이었다. 일단은 병원이라도 가볼 생각이었다.

"…실장님."

이솔이 손태명을 정면으로 응시하고 있었다.

"그래, 할 말 있어?"

"네. 할 말 있어요."

"솔아?"

최영진이 그런 이솔을 신기하다는 듯 쳐다보았다. 늘 말수도 적고 표현도 적은 아이였다. 그런데 오늘은 분위기가 확 달라져 있었다.

"편하게 말해봐. 휴가를 보내달라는 거면 언제든 보내줄 수 있다."

"저희 앨범 내주세요."

이솔은 단호했다.

"……."

"……."

손태명과 최영진이 두 귀를 의심했다.

악화된 여론 때문에 어울림 소속 아티스트 전원이 납작 엎드려 있는 상황이었다. 게다가 i2i는 급작스러운 해체로 인해 더욱 여론이 좋지 않았다.

"…뭐라고, 솔아?"

손태명이 다시 물었다.

"……."

이솔이 입술을 꽉, 물었다. 이솔 역시 겁이 나고 두려웠다. 눈물도 날 것 같았다. 이솔이 눈을 감았다.

"이솔은 약하지 않아. 소심하고 바보, 울보도 아니야. 이솔은 약하지 않아. 소심하고 바보, 울보도 아니야."

주문을 외우듯 중얼거리던 이솔이 다시 눈을 떴다.

"앨범 내주세요."

"앨범이라. …이유는?"

손태명이 날카롭게 눈동자를 빛내며 물었다. 이솔이 작은 주먹을 꼭 쥐었다.

"우리 대표님이랑 약속했어요. 돌아오시기 전까지 제가 어울림을 지키기로요. 그러니까 앨범 내주세요."

이슬의 목소리가 사정없이 흔들리고 있었다. 손태명이 그런 이슬을 가만히 응시했다. 대표실에 긴장감이 어렸다.

손태명이 나지막한 음성으로 물었다.

"…자신 있어?"

"…네. 자신 있어요."

대표실이 다시 침묵에 물들었다.

생각에 잠겨 한참이나 허공을 응시하던 손태명이 마침내 입술을 열었다.

"좋아. 현우가 믿는다면 나도 널 믿어야겠지. 지원은 얼마든지 해줄 테니까 어디 그 약속 지켜봐."

"가, 감사합니다 실장님!"

이슬이 결국 눈물을 흘렸다. 손태명이 부드러운 미소를 머금었다.

"현우도 그랬듯이 나도 오솔길 좀 걸어보자. 나 좀 가시밭길에서 구해줘라, 솔아."

"네! 꼭 걷게 해드릴게요!"

이슬이 환하게 웃으며 대답했다.

＊　　　＊　　　＊

"여기예요! 영진 오빠!"

"현우 형님이 장난 아니라고 입이 닳도록 말씀을 하시더니, 진짜 대단하긴 하네."

시장 안쪽에 보이는 3층짜리 규모의 가게를 살펴보며 최영진이 감탄을 숨기지 못했다.

"근데 솔아."

"네."

"원래 이 시장에는 이렇게 사람들이 많아?"

"많기는 한데, 오늘은 더 많은 것 같아요."

"그렇지? 어? 조심해, 솔아."

최영진이 재빨리 인파 속에서 이솔을 보호했다. 관광객들은 물론이고, 일본 현지인들도 부리나케 미라이시 상회 쪽으로 향하고 있었다. 꼭 무슨 재미난 구경이라도 하러 가는 사람들 같았다.

"뭔가 이상한데? 이거?"

"그런가요?"

"일단 우리도 빨리 가보자. 왠지 불안해."

최영진이 서둘러 이솔을 이끌고 시장 안으로 향했다.

"뭐야? 진짜네? i2i 멤버들이 왜 여기에 있어?"

"우와! 대박!"

미라이시 상회 앞이 인파들로 난리가 나 있었다. 한국 관광객들부터 시작해서 일본 내 i2i 팬들이 잔뜩 몰려와 있었다.

김수정과 멤버들이 미라이시 상회의 상호가 적혀 있는 하얀색 셔츠를 입고 바쁘게 일을 하고 있었다.

"어서 오세요! 줄부터 서세요!"

"줄을 서시오!"

배하나와 이지수가 팬들을 일렬로 세웠다. 유지연과 김수정은 길게 줄을 서 있는 팬들에게 다가가 미리 주문까지 받고 있었다.

"…언니들?"

이솔이 두 눈을 동그랗게 떴다. 최영진은 픽, 헛웃음을 머금었다. 얌전히 사고 치지 말고 기다리라고 했더니 아예 팔을 걷어붙이고 장사를 하고 있었다.

"그렇지. 이 장난꾸러기 녀석들이 잠자코 기다리고 있을 리가 없지."

그때였다. 줄을 세우고 있던 배하나가 이솔과 최영진을 발견했다.

"어? 솔이랑 영진 오빠다!"

배하나가 손가락질을 하더니 다다다 달려오기 시작했다. 다른 멤버들도 쪼르르 이솔과 최영진에게로 달려들었다.

"왔어? 빨리 왔네? 솔아?"

배하나가 이솔을 꼭 껴안으며 히히 웃었다. 자그마한 체구의 이솔이 배하나의 품에 폭 안겼다.

"수, 숨 막혀요. 언니."

"미안!"

배하나가 얼른 이솔을 풀어주었다. 하지만 여기서 끝난 게 아니었다. 김수정을 시작으로 멤버들이 돌아가며 이솔을 안아주었다.

최영진이 이 광경을 흐뭇한 표정으로 바라보았다. 그사이 점점 사람들이 몰리고 있었다. 최영진이 입을 열었다.

"뭐 해? 장사 도와야지."

*　　　*　　　*

저녁 9시, 미라이시 상회의 문이 닫혔다. 그리고 최영진과 고양이 소녀들이 한자리에 모였다. 원형 탁자 위에 푸짐한 저녁상이 차려져 있었다.

"많이들 먹어요. 그리고 최 팀장님도 필요한 거 있으시면 언제든지 말씀하세요."

"네. 그렇게 하겠습니다. 여러모로 신경 써주셔서 감사합니다, 어머니."

"호호. 아니에요."

"아뇨. 제가 이 녀석들을 잘 아는데, 절대 만만한 녀석들이 아니거든요. 고생하셨습니다."

"그런가요?"

최영진의 말에 이솔의 어머니가 호호 웃으며 딱히 부인을 하지는 않았다.

늦은 저녁 식사가 시작되었다. 이솔이나 최영진이나 별다른 말은 꺼내지 않았다. 그렇게 접시들이 비워질 무렵, 이솔이 최영진을 슥, 쳐다보았다.

"……."

최영진이 미소를 머금은 채로 고개를 저었다. 자신은 조력자일 뿐 그 이상도 그 이하도 아니었다.

이솔이 언니들을 둘러보았다. 그런 다음 숨을 고르며 말을 꺼냈다.

"언니들."

"응?"

"왜?"

멤버들이 일제히 이솔을 쳐다보았다.

"우리."

"우리?"

배하나가 잘 쪄진 꽃게를 통째로 씹으며 되물었다.

"솔이가 말하는데 어디 건방지게?"

이지수가 얼른 꽃게를 빼앗았다.

"맛있게 먹고 있었는데!"

배하나가 울상을 지었다. 유지연이 그런 배하나를 노려보았다.

"좀 조용히 해봐."

"응."

여전한 멤버들을 보며 이솔이 작게 웃었다.

"솔이 웃었다! 성공!"

배하나가 쾌활하게 웃어댔다.

"이렇게 다들 모이니까 좋다. 그렇지?"

김수정이 방긋 웃었다. 그런 다음에 이솔을 쳐다보았다.

"솔아, 편하게 말해. 할 말이 뭐야?"

"언니들. 우리 한국으로 돌아가요."

"한국? 싫어. 난 여기가 좋아. 한국 사람들도 많이 없고 맛있는 음식들이 엄청 많다고!"

배하나가 도리도리 고개를 저었다. 다른 멤버들도 대답은 없었지만 이곳이 편하다는 생각을 가지고 있었다.

"저… 허락받았어요."

"허락? 무슨 허락?"

김수정이 물었다. 이솔이 살짝 미소를 머금었다.

"우리 새 앨범 내요."

"…뭐라고?!"

이지수가 깜짝 놀라 자리에서 일어나 소리쳤다. 배하나는 들고 있던 꽃게를 툭, 떨어뜨렸다. 유지연은 눈을 찌푸렸고, 김수정은 멍한 표정을 했다.

"우리 앨범 내요, 언니들."

이솔이 재차 말을 했다. 망설임은 없었다. 단호한 이솔을 보며 멤버들은 아무런 말도 할 수가 없었다.

여러 많은 사건으로 인해 여론이 좋지 못했다. 어울림 엔터테인먼트의 모든 활동이 중단되었다고 해도 과언이 아닌 상황이었다.

그런데 이런 상황에서 다섯 명이서 새 앨범을 낸다는 건 불타고 있는 여론에 기름을 붓는 꼴이 될 수도 있었다.

아직 어린 나이이긴 하지만 멤버들도 이 사실을 모를 리가 없었다. 그런데 이솔이 새 앨범을 내자고 말을 하고 있었다.

"……"

멤버들 중 그 누구도 쉽사리 대답을 하지 못하고 있었다.

이솔이 다시 입을 열었다.

"언니들, 저 자신 있어요. 아, 그리고 이거."

최영진이 얼른 백 팩에서 노트북을 꺼내주었다. 이솔이 노트북을 건네받고는 탁자에 올려놓았다.

멤버들의 시선이 노트북 화면에 모아졌다.

이솔이 신중한 얼굴로 동영상 파일 하나를 재생시켰다. 동영상 속에서 이솔이 나타났다. 동영상 속 지하 연습실 안에서 멜로디가 흘러나오기 시작했다.

그리고 이솔이 울려 퍼지는 멜로디에 맞춰 안무를 소화하며 노래를 부르기 시작했다. 멤버들의 화면 속 이솔에게서 눈을 떼지 못했다.

얼마나 고되게 연습을 했는지, 트레이닝복이며 머리카락이며 땀으로 절어 있었다.

동영상 파일이 끝나자 이솔이 또 다른 파일을 재생시켰다. 그러자 다른 멜로디가 흘러나왔고, 또 이솔이 안무와 노래를 선보였다.

두 번째 동영상이 끝나자 세 번째 동영상이, 그리고 세 번째 동영상이 끝나고 네 번째 동영상이 계속해서 재생되었다. 동영상 속 이솔이 점점 지쳐가고 있었다.

"솔아……."

김수정이 결국 동영상 파일을 멈추었다. 편하게 의자에 앉아 볼 수가 없을 정도로 동영상 속 이솔이 최선을 다하고 있었다.

"미안해, 솔아."

김수정이 진심으로 사과를 해왔다. 다른 멤버들도 고개를 떨구었다.

어울림이 위기에 봉착하고 i2i가 해체하면서 다들 반쯤 포기를 하고 있었다. 그런데 이솔만큼은 아무것도 포기하지 않고 있었다.

지난 두 달간 홀로 외롭게 곡 작업을 하고 있었다. 미안함에 그리고 부끄러움에 멤버들이 이솔을 똑바로 쳐다보지 못했다.

"우리 다시 시작해요. 그리고 대표님이랑 지유 언니가 돌아올 때까지 우리가 어울림을 지켜요. 네?"

이솔이 멤버들을 다독였다.

"우린 한 게 아무것도 없잖아. 염치가 없어."

배하나가 울먹거리며 미안해했다. 이솔이 고개를 저었다.

"아니에요. 언니들의 도움이 꼭 필요해요. 지수 언니가 안무를 완성시켜 주세요. 수정 언니는 보컬 파트 잡아주세요. 그리고 지연 언니한테는 작사를 부탁하려고 했어요. 언니가 가사 잘 쓰시잖아요?"

이솔이 환하게 웃으며 말했다. 멤버들의 눈동자가 다들 그렁그렁해졌다.

"…근데 솔아? 나는? 나는?"

배하나의 물음에 최영진을 비롯해 멤버들이 황당해했다.

"넌 분위기 메이커잖아. 플레이 메이커가 아니고 어드벤스 분위기 메이커."

이지수가 축구 용어까지 거론하며 배하나를 달랬다. 이솔이 배하나의 손을 잡으며 다시 말을 이어갔다.

"언니."

"응?"

"하나 언니가 제일 중요해요. 우리들의 비밀 병기가 될 거예요."

"비밀 병기? 내가?"

배하나가 금방 히히 웃기 시작했다. 그런 배하나의 등을 이솔이 두드려 주었다. 그 모습을 보며 이지수가 입꼬리를 한쪽으로 올렸다.

"누가 언니고, 누가 동생인지 참."

"나보다 잘나면 다 언니야."

배하나의 엉뚱한 대답에 결국 다들 웃음을 터뜨렸다.

*   *   *

"다녀왔습니다!"

김수정과 이솔을 필두로 멤버들이 큰목소리로 외쳤다. 착, 가라앉아 있던 어울림 사무실이 순식간에 소란스러워졌다.

느닷없이 찾아온 분주함에 어울림 식구들이 일손을 멈추고 자리에서 일어났다.

"다들 왔구나? 휴가는 재밌었니?"

"정신없기는 하지만 반가워."

유선미와 이혜은이 가장 먼저 멤버들을 반겼다. 김철용도, 고석훈도 긴 휴가에서 돌아온 멤버들을 진심으로 반기고 있었다.

그리고 대표실 문이 열리고 손태명과 김정우가 나타났다.

"보기들 좋구나."

김정우가 사람 좋은 미소와 함께 멤버들을 반겨주었다.

손태명도 이솔과 김수정, 유지연, 배하나, 이지수를 꼼꼼히 살펴보았다. 다행히 표정들이 매우 밝아 보였다. 그리고 모두의 얼굴에서 굳은 결심도 엿보였다.

"솔이 수고했다. 그리고 너희들도 잘 생각해 주었어. 돌아와 줘서 고맙다."

손태명이 진심을 담아 고마움을 표시했다.

아이들로서도 쉽지 않은 결정이었을 것이다. 그런데 이렇게 용기를 내서 어울림으로 돌아왔다.

"실장님이 아니었으면 지금의 저희도 없는걸요?"

김수정이 말했다.

"맞아! 맞아! 우리 대표님도 못 만났을 거고, 솔이도 못 만났을 거고, 우리 식구들도 못 만났을 거예요!"

배하나가 말을 보탰다.

"……."

손태명이 조용히 웃기만 했다. 옛 기억들이 새록새록 떠올랐다. S&H를 나오며 폐기물 신세가 될 뻔했던 이 아이들을 외면하지 못했다. 그래서 현우를 찾았고, 세월이 흘러 다 함께 여기까지 오게 되었다.

"…잊지 않고 있었구나."

손태명이 조용히 읊조렸다.

"실장님, 혼자 다 짊어지려고 하지 마세요. 저희들도 있잖아요?"

유지연의 위로에 손태명이 쓴웃음을 머금었다. 그리곤 멤버들을 쳐다보았다. 어리게만 생각했던 아이들이 이제는 제법 의지가 될 정도로 성장을 했다.

"…좋아. 너희들을 믿어볼게."

손태명이 어울림 직원들을 응시하며 다시 말을 이어갔다.

"오늘 지금 이 순간 이후로 우리 모두 전력을 다해서 새 앨범을 만들어봅시다. 선미 씨랑 혜은 씨는 새 앨범 정보 유출되지 않도록 최선을 다해주세요."

"네! 실장님!"

"네!"

유선미와 이혜은이 굳은 각오를 내보였다. 어울림 식구들 모두가 단단히 각오를 다졌다.

"……."

손태명이 안경을 고쳐 쓰며 이솔과 멤버들을 눈에 담았다.

현우와 송지유가 떠나고 풍전등화의 위기에 놓여 있는 지금, 유일한 반전 카드는 바로 이 아이들뿐이었다.

*　　　*　　　*

[어울림 엔터테인먼트 드디어 움직이나?]

[어울림 엔터테인먼트 새 앨범 낸다. 앨범의 주인공은 과연 누구?]

[어울림 엔터테인먼트 3개월 만에 활동 재개!]

[태명 선배 체제, 어울림 엔터 재기 가능한가?]

한 달여의 시간이 흘렀다. 그리고 기사가 쏟아졌다. 손태명과 어울림 직원들이 대표실에 모여 노트북을 들여다보고 있었다.

정식으로 보도 자료를 뿌렸고, 예상했던 대로 대중들의 관심이 집중되고 있었다.

―지금 상황에서 앨범? 너무 성급한 거 아님?

─아직 여론도 별론데; 돈 떨어졌네? ㅋㅋ

─누구 앨범?

─엘시 솔로거나 드림걸즈가 유력함. 그나마 가장 여론 좋지 않음?

─근데 드림걸즈는 '아는 언니들'에 매진하는 중 아님?

─엘시 유력. i2i도 해체한 마당에 설마 나올 리는 없겠고?

─망하려고 작정을 했네? ㅋㅋㅋ

─좋지 않은 여론을 음악으로 정면 돌파 하겠다는 건데, 그건 송지유가 있을 때나 가능한 거지;

─ㅇㅈ 그건 맞음; 그리고 멀쩡한 건 드림걸즈밖에 없음;

─지금 상황에서 이솔이랑 다른 멤버들 데뷔시키는 건 미친 짓임.

─i2i로 다 함께 나오는 거 아니면 별로;

─김현우 없어지더니 어울림 감 떨어졌네?

"혹시나 했더니 역시나."

입이 썼다. 최영진이 얼굴을 구긴 채로 말했다. 김철용이나 고석훈도 표정이 좋지 못했다. 다른 어울림 직원들도 마찬가지였다.

"솔이랑 다른 아이들도 결국에는 i2i 멤버들이었다는 걸, 사람들은 왜 모를까요? 후우."

최영진이 길게 한숨을 내쉬었다. 우려가 현실이 되었다. 그 토록 i2i를 부르짖는 팬들이 결국 스스로 i2i 멤버들을 파괴하고 있다는 걸 모르고 있는 현실이 안타까웠다.

"떼를 쓰고 있는 겁니다."

"떼를 쓴다고요?"

　최영진의 물음에 김정우가 고개를 끄덕거렸다.

"끝이라는 게 아쉬운 겁니다. 그래서 대중들이 안타까움에 떼를 쓰고 있는 겁니다."

"달래야지. 이번 앨범으로 팬들을 달래야 해. 그게 우리 사명이다."

　손태명이 김정우의 말을 받았다. 최영진이 많은 생각에 잠겼다.

"그러니 영진이 너도 너무 사람들을 미워하지 마. 태어날 때부터 나쁜 인간은 없어. 주변 환경이 그렇게 만들 뿐."

"…제가 생각이 짧았습니다. 죄송합니다."

　그런 최영진을 보며 손태명이 어깨를 두들겨 주었다. 아직 부족한 점이 많았지만 현우가 각별히 최영진을 믿는 데는 바로 이런 정직함에 있었다.

"아이들은?"

　손태명이 물었다.

"오늘이 최종 점검 날입니다. 지금쯤 준비 중일 겁니다."

"그래? 그럼 기분 좋게 내려가 볼까?"

손태명이 대표실 의자에서 일어났다.

*　　　　　*　　　　　*

"주, 죽을 것 같아."

배하나가 연습실 바닥에 대자로 뻗어 숨을 몰아쉬고 있었다. 김수정과 유지연도 기다란 머리카락이 땀에 흠뻑 젖어 있었다.

"……"

"……"

안무를 만든 이솔도 메인 댄서인 이지수도 넋이 나간 채로 연습실 바닥에 주저 앉아 있었다.

멤버들이 정신이 나가 있는 동안에도 지하 연습실에선 멜로디가 계속 흘러나오고 있었다.

"이솔, 변태."

"어, 언니?"

이솔이 이지수를 보며 울상을 했다.

"노래는 이렇게 발랄하고 귀여운데, 춤은 왜 이렇게 어려운 거냐고? 나도 힘들 정도면 배하나는 지금 요단강 건너기 직전일걸?"

이지수가 배하나의 허벅지를 주물러 주며 말을 했다.

"미안해요. 영감이 이렇게만 떠올라서."

이솔의 사과에 볼멘소리를 하던 이지수가 웃었다. 배하나도 히히 웃기 시작했다. 이솔이 고개를 갸웃했다.

"왜 갑자기 웃으세요?"

"그냥 네가 웃겨서. 매사에 진지하면 안 힘들어?"

이지수의 물음에 이솔도 작게 웃었다.

"성격인 걸요?"

"생긴 건 제일 귀엽게 생겨가지고. 이리 와봐."

이지수가 손짓을 했다. 이솔이 다가오자 이지수가 열심히 발목을 주물러 주었다.

"아야!"

"이거 봐. 너 두 달 동안 무리했어."

"……."

이지수에 이어 멤버들도 하나씩 다가와 이솔의 전신을 주물러 댔다. 그러다가 배하나가 눈동자를 빛냈다.

"이얍!"

"어, 언니!"

이솔이 기겁을 했다. 배하나가 간지러움을 태우기 시작했기 때문이다.

"야? 배하나? 가만히 있는 애를 왜 괴롭혀?"

유지연이 약점인 배하나의 옆구리를 찔렀다.

"꺄아!"

배하나가 비명을 지르며 뒤로 넘어갔다. 이지수가 발끈하고 나섰다.

"감히 장신파를 공격해? 꼬맹아?"

"꼬맹이? 야! 이지수!"

"왜 유지연 꼬맹아!"

순식간에 멤버들이 뒤엉켰다. 그리고 서로 간지러움을 태우기 시작했다.

딸랑. 그때 지하 연습실 문이 열리며 손태명과 어울림 직원들이 나타났다. 멤버들이 서로 뒤엉켜 일어날 줄을 모르고 있었다.

"하하."

그 모습을 보며 손태명을 비롯해 직원들이 다 함께 웃기 시작했다.

* * *

그렇게 한바탕 전쟁이 지나가고 이솔과 멤버들이 지하 연습실 중앙에 섰다. 손태명과 어울림 직원들은 의자에 앉아 그런 멤버들을 지켜보고 있었다.

"그래, 그룹 이름은 정했고?"

손태명이 물었다. 프로젝트 그룹인 i2i가 해체한 마당에 새 이름이 필요했다. 어울림 내에서도 수많은 이름 후보가 거론됐지만 결국 선택권은 멤버들에게 주기로 했다.

"'전국소녀'요!"

배하나가 소리쳤다.

"……?"

손태명을 비롯해 어울림 직원들이 두 귀를 의심했다. 보통 대세인 영어로 된 그룹명도 아니고 구수한 한자가 섞인 그룹명이었다.

"전, 전구 뭐?"

최영진이 물었다. 김수정이 한 발 앞으로 나왔다.

"저희들끼리 고민한 끝에 전국소녀라고 그룹명을 짓기로 했어요."

배하나의 말이 농담이 아닌 모양이었다. 팔짱을 낀 채로 손태명이 입을 열었다.

"전국소녀… 선정 방식이랑 이유는?"

김수정이 바닥에 놓여 있는 핸드폰을 들어 보였다.

"다른 멤버들도 가장 마음에 들어 하고, 저희 멤버들이 다양한 곳에서 모였잖아요? 일본에서 온 솔이도 있고, 중국에서 온 시시 언니도 있고, 베트남에서 온 하잉도 있고, 또 기획사

도 다 다르고 해서 이렇게 지었어요. '전국에서 모인 소녀들'의
줄임말이에요!"

"……."

"……."

다섯 명이 아닌 i2i 멤버들 열세 명이 언젠가 모일 그 날을
위해 다 같이 정한 그룹명이었다. 김수정의 설명에 손태명과
어울림 직원들이 모두 숙연해했다.

그룹명보다는 그 의미가 더욱 뜻깊었다.

"좋아. 나는 마음에 쏙 든다. 혹시 다른 의견 있는 분 있습
니까?"

손태명이 물었다. 하지만 반론을 제기하는 이는 단 한 명도
없었다. 김정우가 짝! 하고 박수를 쳤다.

"그럼 그룹명은 전국소녀로 하는 게 좋겠습니다. 개인적으
로 저는 아주 마음에 드는데요?"

"감사합니다!"

김수정과 멤버들이 꾸벅 고개를 숙여 보였다.

"자, 그럼 그간 연습했던 결과물을 볼까?"

손태명의 말에 전국소녀 멤버들은 물론이고 다들 긴장을
머금었다. 오늘 최종 점검이 무사히 끝나면 예정대로 새 앨범
이 발매가 된다.

이번에는 김수정 대신 이솔이 앞으로 걸어 나왔다.

"이번 앨범 타이틀곡은 두 곡으로 하기로 했어요."

"두 곡으로 활동을 한다고? 하긴 곡들이 다 너무 좋았어."

최영진이 수긍을 했다.

이솔이 지하 연습실에서 은둔을 하며 만든 곡 모두가 훌륭했다. 특히 두 곡이 유난히 귀에 쏙쏙 들어와서 멤버들도, 어울림 직원들도 상당한 고민을 해야 했다.

"그럼 첫 번째 곡부터 보여 드릴게요. 최종 완성본이에요."

최종 완성본이라는 말에 다들 기대를 머금었다. 이솔이 김철용을 보며 고개를 끄덕였다. 그러자 김철용이 음악을 틀었다.

전국소녀 멤버들이 매일 낮과 밤을 새워가며 준비한 안무와 노래를 선보이기 시작했다.

*　　　*　　　*

"이건 내가 손댈 게 하나도 없는데?"

"나도 동감이다, 승석아."

"저도 같은 생각이에요."

블루마운틴과 오승석, 그리고 안무가 릴리가 혀를 내둘렀다. 노래며, 가사며, 안무며 모든 것이 완벽했다.

"우리가 호랑이 새끼를 키웠다."

"원래 호랑이였어."

블루마운틴이 오승석의 말을 받았다. 그리고 두 작곡가가 대견한 눈길로 이솔을 바라보았다. 현우가 그토록 이솔을 아낀 이유를 이제야 완벽하게 알 것 같았다.

두 달간 지하 연습실에 박혀서 만들었다는 곡은 이미 블루마운틴이나 오승석이 손을 댈 수 없을 정도였다.

안무 역시 대한민국에서 손꼽히는 댄서인 릴리도 쉽게 숙지하지 못할 정도로 뛰어났다.

세 전문가의 말을 듣고만 있던 손태명과 최영진, 김정우 그리고 모든 어울림 직원이 일제히 자리에서 일어나 박수를 보냈다.

"감사합니다!"

전국소녀 멤버들이 손을 잡고 꾸벅, 고개를 숙였다. 거칠게 숨을 몰아쉬고 몰골들이 말이 아니었지만 다들 표정은 한없이 밝았다.

"후우."

손태명이 길게 한숨을 내쉬었다. 답답해서 내쉰 한숨이 아니었다. 안도의 한숨이었다. 최영진이 그런 손태명을 보며 빙그레 웃었다.

"…실장님."

이솔이 간절한 눈빛으로 손태명을 바라보았다.

어울림이 여론에 공격당해 궁지에 몰려 있는 상황이었다. 무대의 완성도가 조금이라도 떨어진다면 앨범 발매를 늦춰야 했다.

"……."

손태명이 고개를 들어 이솔을 쳐다보았다. 작고 여린 아이가 지금 이 순간만큼은 한없이 커보였다.

이솔도 그랬고 전국소녀 멤버들 모두가 긴장을 하고 있었다. 손태명이 습관적으로 안경을 고쳐 썼다. 그리고 조용하지만 확신을 담아 말했다.

"예정대로 새 앨범 발매합시다."

"꺄아아!"

전국소녀 멤버들이 서로를 부둥켜안고는 방방 뛰기 시작했다.

"그리고 보여줍시다. 현우가 없어도, 지유가 없어도 어울림이 왜 어울림인지를."

손태명의 눈동자가 날카롭게 빛나고 있었다.

＊　　　＊　　　＊

폭풍전야였다.

새 앨범 발매를 앞두고 어울림 엔터테인먼트는 그야말로 초

긴장 상태에 놓여 있었다. 이른 아침부터 어울림 임직원들이 모두 대표실에 모여 있었다.

딸각, 딸각, 벽에 걸려 있는 시계가 정확히 오전 9시를 가리켰다. 그리고 기다렸다는 듯이 주요 포털 사이트에서 기사들이 쏟아지기 시작했다.

[어울림 엔터, 새 걸 그룹 선보인다! '전국소녀' 오늘 정오 12시 새 앨범 전격 공개!]

['전국소녀' 전격 데뷔! 멤버는 어울림 엔터 오리지널 멤버 5명!]

['전국소녀' 멤버는 이솔, 김수정, 유지연, 배하나, 이지수! 5인조로 정식 데뷔!]

['전국소녀' 무너지고 있는 어울림 엔터테인먼트의 희망 되나?]

[i2i 해체 후 데뷔? 논란의 데뷔 '전국소녀']

['전국소녀' 성난 대중들의 민심을 잠재울 수 있을까?]

기사가 올라오자마자 댓글들도 쏟아지고 있었다.

"보기 무섭습니다."

김철용이 앓는 소리를 냈다. 김철용뿐만 아니라 다른 식구들도 잔뜩 겁을 먹고 있었다.

"후우. 굳이 보지는 말자."

한숨을 내쉬며 손태명이 노트북을 그대로 덮어버렸다.

"……."

최영진도 핸드폰을 내려놓았다. 다른 식구들도 무거운 표정을 했다. 현우와 송지유가 미국으로 떠나고 제법 시간이 흘렀지만 아직도 여론은 좋지 못했다.

"영진아."

손태명이 나지막한 목소리로 최영진을 불렀다.

"네, 형님."

"…아이들한테는 말하지 마라. 거짓말이라도 해."

"예……."

최영진이 고개를 끄덕였다. 그러고는 고석훈을 쳐다보았다.

"가자, 철용아"

"……."

김철용이 말없이 최영진의 뒤를 따랐다.

＊　　　＊　　　＊

"……!"

지하 연습실 문을 열자마자 최영진이 얼굴을 찌푸렸다. 진한 파스 냄새가 진동을 했다. 그리고 이내 펼쳐지는 광경에 최영진의 눈동자가 흔들렸다.

"너희들? 이게… 다 뭐야?"

김철용이 깜짝 놀라 물었다.

전국소녀 멤버들이 화들짝 놀라 대답을 하지 못했다. 그러다 김수정이 어색하게 웃으며 입을 열었다.

"그, 그게, 참, 10시까지 오시기로 한 거 아니었어요?"

"배하나, 내가 망 제대로 보라고 했지?"

유지연이 차가운 눈동자로 배하나를 질책했다. 배하나가 미안한 얼굴을 했다.

"……."

최영진의 시선이 전국소녀 멤버들에게 고정되어 있었다.

코를 찌르는 알싸한 파스 냄새가 연습실 안에 진동을 했다. 연습실 바닥 군데군데 파스 조각들도 널브러져 있었다.

그리고 멤버들 모두 상태가 말이 아니었다. 특히 이솔의 상태가 그다지 좋지 못한 것 같았다.

"……."

최영진이 말없이 다가와 이솔의 발목을 확인했다. 왼쪽 발목이 벌겋게 부어 있었다. 최영진이 살짝, 손을 대보았다.

"아, 아야!"

이솔이 찔끔 눈물을 흘렸다.

최영진이 한숨을 내쉬며 다른 멤버들도 자세히 살펴보았다.

이슬만큼은 아니었지만 꼭 누더기로 꿰매놓은 인형들을 보는 것 같았다. 전신에 파스들이 붙어 있었다.

　—망해라! 퉤!
　—그래도 돈은 벌어야 한다 이거? ㅋㅋ 역겹다;
　—망할 듯; 13명에서 5명인데;
　—i2i가 아니면 망해야지. 5명이 무슨 의미? 쩝;
　—엘시랑 드림걸즈 앨범도 아니고 어울림 감 잃었네?ㅡㅡ
　—다른 멤버들은? 지들만 산다 이거?
　—겨우 5명에서 뭘 한다고? ㅇㅇ?
　—폭망 예정 ㅋㅋㅋ
　—ㅉㅉㅉㅉㅉㅉㅉ

순간, 조금 전 핸드폰으로 살펴보았던 댓글들이 뇌리를 스치고 지나갔다. 두 눈을 질끈 감고는 최영진이 주먹을 꽉 말아 쥐었다.
"…영진 오빠?"
이슬이 조심스레 최영진을 불렀다.
"너희, 왜 숨겼어?"
"…빨리 데뷔를 해야……."
"아니!"

최영진이 이솔의 말을 끊었다. 그리고 이솔과 멤버들을 쳐 다보았다.

"너희들 바보야?! 이 상태로 무대에 오르겠다고? 왜 말을 안 했어?!"

"저희 괜찮아요, 영진 오빠. 이 정도는."

김수정이 최영진을 달래려 했다.

"이게 괜찮다고? 너희들 진심이야?!"

최영진이 벌게진 얼굴로 자리에서 일어났다. 쾅! 최영진의 주먹이 연습실 벽을 강타했다.

"영진 형님!"

김철용이 씩씩거리는 최영진을 뜯어말렸다.

"……."

생전 처음 보는 최영진의 모습에 전국소녀 멤버들이 그대로 얼어붙었다. 최영진이 전국소녀 멤버들을 쳐다보았다.

"적어도, 적어도! 나한테는 말을 했어야지! 나도 내가 별 볼 일 없다는 거 잘 알아! 하지만 너희들 상태가 이 지경이 될 때 까지! 난 아무것도 모르고!"

최영진이 차마 말을 잇지 못했다.

스스로에게 화가 났다. 현우는 말할 것도 없었고, 손태명도 김정우도, 고석훈도 그리고 다른 어울림 식구들 모두가 제 몫 을 하고 있었다.

한데 최영진은 스스로 생각해도 부족한 것들이 많았다. 현우가 미국으로 떠난 후부터 스스로의 부족함을 절실히 느끼고 있는 최영진이었다. 어울림이 무너지기 시작했지만 최영진은 아무것도 할 수가 없었다.

i2i의 전담 매니저였건만 해체를 막지 못했다. 그리고 남은 5명의 아이들도 제대로 서포트하지 못했다.

존재의 가치가 없다는 걸 깨닫자 이제야 차가운 현실이 피부로 와닿았다.

"빌어먹을!"

"영진 오빠……."

이솔이 자리에서 일어나 최영진에게로 다가갔다.

"미안하다, 솔아."

"……!"

최영진의 말에 이솔이 멈칫했다. 다른 멤버들도 심장이 덜컥 내려앉았다. 현우가 어울림을 떠나며 남겼던 그 말을 최영진이 똑같이 하고 있었다.

"…영진 오빠도 갈 거예요?"

이솔이 눈물을 그렁그렁 머금은 채로 물었다. 다른 멤버들이 서둘러 최영진의 소매며, 팔을 꼭 쥐었다.

"오빠는 못 가요."

김수정이 말했다. 이솔도 그랬고 김수정도 그리고 이지수와 배하나, 유지연도 간절한 눈빛들을 하고 있었다.

간절한 눈빛을 마주하자 함께했던 많은 날들이 떠올랐다. 그리고 머리가 차갑게 식기 시작했다.

"……."

잠시 생각에 잠겨 있던 최영진이 조용히 입을 열었다.

"현우 형님이 이제야 이해가 가. 왜 우리를 두고 미국에 갔는지를 알겠어. 현우 형님은 지유 매니저니까. 그래서 지유를 외면할 수가 없었던 거야. 그래. 내가 잠시 생각이 짧았다. 무대로 돌이 날아와도 나랑 철용이가 막아줄게. 어디 한번 가보자, 우리."

다짐하듯 말하는 최영진을 보며 전국소녀 멤버들의 얼굴이 환해졌다. 민망함에 최영진이 머리를 긁적였다.

"우리 영진 오빠, 거기에 털 나겠다."

"어, 어?"

배하나의 농담에 최영진이 얼굴을 붉혔다.

"울다가 웃으면 뭐다?"

이지수도 배하나를 지원 사격 했다.

"이, 이제 가자. 시간이 많이 없어."

최영진이 황급히 말을 돌렸다.

"네!"

멤버들이 입을 모아 힘차게 한목소리로 외쳤다.

*　　　*　　　*

초록색 스프린터가 MBS 공개홀에 들어섰다.

"어울림이다!"

"어? 진짜네?"

"얼마 만에 보는 거야?"

공개홀에 몰려와 있던 팬들이 초록색 스프린터를 보며 놀라거나 낯설어했다. 한때는 초록색 스프린터가 내뿜어내는 위용이 엄청난 시절이 있었다. 어울림을 상징하는 초록색의 스프린터가 들어서면 수많은 팬이 알아서 길을 터주었었다.

하지만 이제는 상황이 달랐다. 낯설고 놀라움에 다른 팬들이 길을 터주고 있었다.

"철용아."

"예!"

김철용이 어울림의 상징인 확성기를 꺼내 들고는 창문을 열었다.

"친절하게 비켜주셔서 정말 감사합니다! 역시 젠틀하십니다!"

김철용의 너스레에 일부 다른 팬들이 하하 웃기 시작했다.

"너희들도 오랜만에 인사할래?"

"네!"

"좋아!"

김철용이 확성기를 배하나에게 주었다. 배하나가 확성기를 들고는 창밖으로 머리를 내밀었다.

"여러분! 저희가 전국소녀로 돌아왔습니다! 오랜만이에요! 오랜만!"

"지수입니다! 기억하고들 있죠?"

이지수까지 확성기를 들고 나타났다. 오랜만에 보는 만담 듀오의 모습에 수많은 팬들이 웃음을 터뜨렸다.

"자! 그럼 토끼 듀오도 등장!"

이지수의 말에 창문에서 동시에 김수정과 유지연이 튀어나왔다. 머리 위로 토끼 흉내까지 내면서 애교를 부려대자 또 여기저기서 웃음이 터졌다.

"녀석들."

운전대를 잡고 있던 최영진이 입가에 미소를 머금었다. i2i 시절에 비하면 찾아와 준 팬들도 줄고, 인기도 식었지만 역시 아이들다웠다.

어색해하던 수많은 팬들이 고새 두 팔 벌려 아이들을 환영해 주고 있었다.

"솔아?"

"네?"

부끄러움이 많아 i2i 시절에도 잘 모습을 드러내지 않던 이솔이었다.

"센터가 누군지를 보여줘."

"네!"

이솔이 배하나와 이지수 사이를 비집고 머리를 내밀었다.

"갓 솔이다!"

"오! 이솔!"

팬들이 이솔을 격하게 반겨주었다. 이솔도 열심히 손을 흔들어주었다.

최영진도 창문 너머를 힐끗 살펴보았다. i2i 시절에 비하면 찾아와 준 팬들이 극소수로 줄었지만 다행히도 거부감을 보이는 팬들은 없었다.

'일단 첫 번째 난관은 넘은 거 같다.'

최영진이 속으로 안도의 한숨을 삼켰다.

*　　　*　　　*

"후우."

안도의 한숨은 그리 오래가지 못했다. 공개홀 대기실로 향하는 길 내내, 최영진은 전과는 달라진 분위기를 뼈저리게 느껴야 했다.

어울림과 i2i의 전성기 시절에는 복도마다 수많은 아이돌들과 기획사 관계자들이 나와 얼굴 도장을 찍으려 했었다.

"……."

하지만 지금은 달랐다. 간혹 보이는 아이돌 멤버들과 기획사 관계자들조차 마지못해 눈인사를 건네어오는 수준이었다.

대기실로 향하는 길이 유난히도 짧게 느껴졌다.

탁. 김철용이 대기실 문을 닫았다. 최영진이 서둘러 전국소녀 멤버들을 살펴보았다.

공개홀에 도착했을 무렵에는 신이 나 있더니, 달라진 분위기에 다들 풀이 죽어 있었다. 최영진이 멤버들 앞에 한쪽 무릎을 꿇고 앉았다.

"신경 쓸 것 없어. 내가 여기 오면서 싹 둘러봤는데, 너희들보다 예쁜 아이들은 한 명도 못 봤다."

최영진의 말에 멤버들이 풋, 하고 웃어버렸다.

"방금 꼭 우리 대표님 같았어요."

"맞아. 완전 똑같았어."

유지연과 배하나가 모처럼 의견을 일치시켰다. 최영진이 현우처럼 빙그레 웃었다.

"그래. 현우 형님이 있었으면 분명 이렇게 말씀하셨을 거야. 그리고 또 이렇게 말씀하셨을 거야."

"뭐라고 하셨을까요?"

이솔이 조심스레 물었다.

"전국소녀가 우리나라 최고의 걸 그룹이라고 말이야."

"……."

최영진은 자신감이 넘쳤다. 멤버들이 조용히 생각에 잠겼다.

"전국소녀 여러분! 오프닝 무대 30분 전입니다! 준비해 주세요!"

조연출 한 명이 문을 열고 들어와 소리쳤다. 서서히 긴장감이 몰려들기 시작했다. 최영진이 서둘러 이 점을 간파했다.

"태명 형님이 말씀하셨지? 어울림의 힘을 보여주자고. 애들아, 우리 어울림이 왜 어울림인지를 보여주자. 그리고 내가 장담하건대, 어울림 엔터 대표 걸 그룹은 드림걸즈가 아니야. i2i였고, 이제는 전국소녀가 될 거야."

"엘시 언니가 들으면 영진 오빠 혼날 텐데?"

김은정의 농담에 최영진이 픽 웃었다.

"까짓, 한번 혼나지 뭐."

최영진의 가벼운 농담에 전국소녀 멤버들이 긴장을 풀었다.

*　　　　*　　　　*

불이 꺼진 무대 위로 전국소녀가 올랐다. 오프닝 무대답게 무대도 객석 분위기도 소란스러웠다.

"전국소녀다!"

여기저기서 수군거림이 쏟아졌다. 여론이 좋지 못했지만 대중들의 관심이 몰려 있는 건 사실이었다.

"잘 안 보이는데?"

"너무 어두워서 그럴걸?"

관객들이 전국소녀 멤버들을 보려고 애를 썼지만 무대 위가 너무 어두웠다.

한편, 무대 위에 올라 있는 전국소녀 멤버들은 서로를 껴안은 채로 긴장감을 달래고 있었다.

리더인 김수정이 멤버들을 둘러보았다.

"얘들아, 연습했던 대로만 하자. 그러면 우리 잘할 수 있어. 알지?"

김수정을 보며 멤버들이 고개를 끄덕였다.

"여러분! 어울림이 돌아왔습니다! 그리고 소녀들의 꿈은 무대 위에를 외쳤던 소녀들이 전국소녀가 되어 돌아왔습니다!"

그사이 아이돌 MC들이 전국소녀의 데뷔를 본격적으로 알리고 있었다. 시간이 얼마 남지 않았다.

"솔아, 한마디 해줘."

김수정의 말에 이솔이 고개를 끄덕거렸다.

"언니들, 돌아와 줘서 고마워요. 그리고 날 믿어줘서 고마워요. 이 말을 꼭 하고 싶었어요."

이솔의 말에 멤버들이 미소들을 머금었다.

"스탠바이 5초 전!"

스태프 한 명이 소리를 질렀다.

전국소녀의 데뷔가 불과 5초밖에 남지 않은 순간이었다.

*   *   *

"전국소녀의 데뷔곡입니다! 내 손을 잡아줘!"

어둠에 잠겨 있던 무대 위로 화려한 조명들이 쏟아졌다.

그리고 말도 많았고 탈도 많았던 전국소녀가 드디어 그 베일을 벗기 시작했다.

"와아아!"

전국소녀의 등장과 함께 객석에서 놀라움이 섞인 함성이 쏟아졌다.

통통 튀는 스트릿&레트로 느낌의 콘셉트와 곡을 추구했던 게 프로젝트 그룹 i2i였다면, 전국소녀는 그 콘셉트가 완전히 달라져 있었다.

멤버들 전원이 화려했던 머리색 대신 본래의 머리색을 하고 있었다. 레몬색 머리가 상징이었던 이지수마저 염색을 풀어버린 상태였다.

메이크업도 화려했던 i2i 시절과는 달리 소녀다움을 물씬 풍기고 있었다.

또한 찰랑거리는 기다란 생머리에 남색의 체크무늬 교복, 그리고 하얀색 양말에 검은색 구두까지. 길에서 흔히 볼 수 있는 평범한 학생 같은 모습을 전국소녀 멤버들이 하고 있었다.

여러 온라인 커뮤니티에서도 베일을 벗은 전국소녀를 지켜보며 많은 이야기를 쏟아내고 있었다.

—헐? i2i때랑은 완전 다르네? ㄷㄷ
—극강의 청순 콘셉트?!
—청순으로 돌아온 모양이네?
—미친; 비주얼 미쳤는데? ㅋㅋㅋ
—와아; 예쁘네? 다들?
—무대 시작한다!
—일단 보고 평가하자고
—ㅇㅇ! 보고 평가 ㄱ!

오케스트라 전주가 베이스로 깔린 빠른 비트의 걸리쉬풍 멜로디가 무대에 흘러나오기 시작했다.

이솔의 윙크를 시작으로 일렬로 겹쳐 있던 전국소녀 멤버들이 공중으로 점프를 하며 턴을 돌았다. 그러고는 스르르 물결처럼 양쪽으로 퍼졌다.

　—와? 봄? 펼쳐진 거 봄?
　—방금 홀로그램임?
　—시작부터 안무가 미쳤네?
　—ㄷㄷㄷㄷ

웅장한 오케스트라 전주와 함께 시작부터 고난도의 안무가 펼쳐졌다.

　내 손을 잡아줘
　아직 날 기억한다면
　난 널 기다리고 있어
　내 손을 잡아줘
　아직 날 좋아한다면
　난 널 기다리고 있어

현대무용과 발레를 섞은 고난도 안무가 끊임없이 펼쳐졌다. 그리고 그에 맞춰 흘러나오는 웅장한 오케스트라풍의 빠른 멜로디가 정신없이 무대를 몰아쳤다.

객석은 물론이고 오프라인으로 시청 중에 있던 많은 시청
자들이 정신없이 무대에 빠져들기 시작했다.

　―대박; 미친! ㅋㅋㅋ

　―그간 i2i 다른 멤버들 때문에 실력을 다운시킨 거였어?

　―노래도 노랜데; 춤이 가능한 춤임? 미쳤다! ㅋㅋ

　―그동안 몰라봐서 미안합니다! ㅠㅠ

　―이거 커버 동영상 올라올 수는 있나? ㅋㅋㅋㅋ

　―올라와도 댄스 팀도 몇 개월은 연습해야 할 듯 ㅋㅋ

　―처음부터 끝까지 군무! 군무! 군무! 미쳤다. 다섯 명이서 한
몸이네;

　―안무 보다가 소름 돋음; 이 악문 게 느껴진다. ㅋㅋ

　―차원이 다르다. 이게 진짜 실력이었구나?

　―깔려고 봤는데 이 정도면 못 까겠다. ㅇㅈ?

　―ㅇㅈ; 이걸 무대에서 소화한다고? 개 무섭다

　―다른 걸 그룹들은 이 춤 가능? ㄴㄴ 절대 불가능.

난 너를 기다리는데

손을 뻗고 있는데

날 기억하고 있다면

이젠 내 손을 잡아줘!

김수정과 유지연 그리고 이솔이 서로의 손을 잡은 채로 스르르 일렬로 늘어섰다. 그리고 김수정, 유지연, 이솔이 2단씩 순서대로 고음을 올렸다.

—6단 고음;
—ㅋㅋㅋㅋㅋㅋ 3단도 아니고 6단;
—이게 어울림 클라스인가? 와;
—ㅋㅋㅋㅋㅋㅋ 놀랐다; 너무 잘해서;
—전국소녀 진짜 전국소녀 되겠다! ㅋㅋㅋ

멤버들이 다시 일렬로 스르륵, 겹쳐졌다. 그러고는 서로의 손을 잡고 일렬로 쫙 펼쳐지며 무대가 끝이 났다.

"……"

"……"

말도 안 되는 무대에 객석이 그대로 침묵에 휩싸였다. 3분 정도의 무대가 꼭 30초처럼 느껴질 정도로 순식간에 지나가 버렸다.

"하아."

거친 숨을 몰아쉬며 멤버들이 무대 아래를 살폈다.

정말 간절했다. 최선을 다했고, 가지고 있는 모든 것들을 쏟아낸 무대였다.

"와아아!"

"와아아아!"

"전국소녀! 전국소녀!"

객석에서 뜨거운 함성이 터져 나왔다.

많은 온라인 커뮤니티에서도 전국소녀의 충격적인 데뷔 무대에 다들 할 말을 잃은 상태였다.

환호가 잦아들기도 전에 무대가 다시 어두워졌다.

"……?"

환호 도중에 전국소녀 멤버들이 사라지자 관객들이 의아한 눈길을 보냈다.

잠시 후, 무대 위에 형형색색의 조명들이 쏟아지며 전국소녀가 화려하게 다시 등장을 했다.

축구 유니폼을 개조한 하얀 색깔의 원피스형 무대의상과 하이힐 차림의 멤버들이 180도 달라진 분위기로 카메라를 쳐다보고 있었다.

"뭐, 뭐야?!"

관객들의 시선이 자연스레 센터 자리에 선 배하나에게로 향했다. 굴곡이 여지없이 드러나는 원피스 차림의 배하나가 카메라를 잡아먹을 듯 쳐다보고 있었다.

자신감 넘치는 눈동자로 당당히 허리에 척 두 손을 올리며 배하나가 여신 포스를 내뿜고 있었다.

카메라맨들도 일제히 배하나를 잡았다.

전국소녀 멤버들과 배하나의 파격 변신에 온라인 커뮤니티
도 들끓기 시작했다.

―저기요? ㄷㄷㄷ

―배하나 몸매 뭐야? ㅋㅋㅋ

―탈아이돌 ㅋㅋㅋㅋㅋㅋ

―더블 타이틀곡이라더니 이번 콘셉트는 섹시 큐트?

―배하나 미쳤다! ㅋㅋㅋㅋ

―이거였어? ㅋㅋㅋㅋㅋ

―여신 강림

―배하나가 사기 캐릭이 되어서 돌아왔다!

―얘네 작정했다! ㅋㅋㅋ

―어울림이 어울림 하나요? ㄷㄷ

그랬다. 그렇게 배하나의 파격 변신으로 인해 남심이 폭발
하고 있었다.

*   *   *

['전국소녀' 충격의 데뷔! 어울림 엔터테인먼트, 이름값 했다!]

[어울림 엔터테인먼트 또 일냈다! '전국소녀' 전국 강타!]

['전국소녀' 더블 타이틀곡 '내 손을 잡아줘', 'Heart Attack' 음원 차트 나란히 1, 2위!]

['전국소녀' i2i가 가지고 있는 기록들 연일 갱신! 어디까지 올라가나?!]

[여신 등극 배하나! 광고계 블루칩으로 급상승 중!]

[배하나! 입간판 연일 품귀 현상! 제2의 송지유 입간판 사태 벌어져!]

[어울림 3 대 갓! 천재소녀 이솔, 어울림을 벼랑 끝에서 구하다!]

[어울림 엔터, 새 걸 그룹 '전국소녀'와 새 앨범, 이솔이 프로듀싱했다고 밝혀!]

[천재소녀의 한계는 어디까지인가? 어울림 엔터, 국민소녀 송지유 없어도 천재소녀 이솔이 있다!]

첫 무대가 방송에 나간 이후 어울림과 전국소녀를 향해 연일 찬사 일색인 기사들이 쏟아졌다.

i2i를 나간 멤버들도 WE TUBE로 전국소녀의 신곡을 커버해서 올렸고, 앨범 제작 과정이 고스란히 들어가 있는 뮤직비

디오까지 공개가 되며 연일 화제가 되고 있었다.

등을 돌렸던 i2i의 팬덤도 전국소녀를 지지하기 시작했다.

이뿐만이 아니었다. 싸늘했던 여론도 이슬과 전국소녀 멤버들이 다시 뭉치게 되었던 일화가 알려지며 회복이 되고 있었다.

"자! 다들 원 샷!"

최영진이 술잔을 높이 들며 소리쳤다. 실로 오랜만의 회식이었다.

손태명이 들떠 있는 최영진을 보며 하하 웃었다.

"너 그만두는 거 아니었어? 영진아?"

"예? 제가요?"

최영진이 깜짝 놀라 전국소녀 멤버들을 쳐다보았다. 배하나가 메롱, 최영진을 놀렸다. 최영진이 얼굴을 붉혔다.

"그걸 또 태명 형님한테 일렀냐? 엉?"

"그러니까 누가 그러랬어요?! 두고두고 괴롭혀야지!"

뻔뻔함에 최영진이 배하나를 잡으려 했다. 그러자 김철용이 얼른 배하나의 앞을 막아주었다.

"워워. 우리 탑스타 여신님, 컨디션 상하면 안 됩니다, 영진 형님."

"들었죠? 예전의 배하나가 아니거든요!"

"아오! 저걸 그냥!"

김철용의 말대로였다. 워낙에 배하나의 주가가 올라 있었다.

연일 광고를 찍고 있었고, 이제는 어울림 3 대 갓이 아니라 4 대 갓이라는 말까지 나오고 있었다.

덕분에 최영진이 이러지도 저러지도 못했다.

그러다 최영진의 시선이 이솔에게로 향했다.

전국소녀가 그룹명대로 전국소녀가 되었지만 이솔은 여전했다. 달라진 것이 있었다면 조금은 자신감이 생겼다는 정도였다.

최영진이 이솔의 옆으로 가 앉았다. 자그마한 입으로 이솔이 소고기를 먹고 있었다. 그릇에 잘 구워진 소고기를 올려주며 최영진이 물었다.

"고기 많이 먹었어?"

"네. 배불러요."

"체하니까 음료수도 좀 먹고."

"와? 영진 오빠도 우리 대표님처럼 솔이만 예뻐하는 거 봐! 나도 음료수 잘 먹거든요?!"

나긋나긋한 최영진을 보며 배하나가 질투를 해댔다. 최영진이 당연하다는 표정을 했다.

"나도 이번 일 겪으면서 느꼈는데, 솔이가 짱이야. 짱."

"치이."

배하나가 차마 대구를 하지 못했다. 최영진이 웃었다.

"농담이야, 하나야. 우리 하나도 최고지. 난 현우 형님이 아니라니까? 편애 따윈 없다!"

"영진아, 내가 언제 편애를 했냐? 한국에 없다고 이거 너무하는데?"

익숙한 목소리가 들려왔다.

"……!"

"……!"

최영진은 물론이고 어울림 식구들이 동시에 고개를 돌렸다. 가게 입구 쪽에 익숙한 목소리만큼이나 익숙한 사람이 서 있었다.

"현우 형님!"

"김현우!"

"대표님!"

최영진과 손태명 그리고 어울림 식구들이 동시에 소리를 질렀다.

그랬다. 남색 슈트 차림의 현우가 가게 문에 기대어 빙그레 웃고 있었다.

"대표님!"

전국소녀 멤버들이 벌떡, 자리에서 일어났다.

현우가 전국소녀 멤버들을 지긋이 쳐다보았다.

"전국소녀라. 내가 생각했던 그룹명은 아니지만, 꽤 괜찮은데?"

"…대표님."

김수정이 반가움에 눈물을 글썽였다. 유지연도 배하나도 이지수도 반가움에 어쩔 줄을 몰라 했다.

현우가 또 빙그레 웃었다.

"전국소녀. 1위 축하한다. 내가 곁에 없었는데도 정말 잘해주었어."

현우의 칭찬에 전국소녀 멤버들이 헤헤 자랑스럽게 웃었다. 오직 이솔만이 웃지 못하고 있었다. 현우가 걸음을 옮겨 이솔의 앞에 다가 섰다.

"잘 지냈니?"

"네……."

"발목은 어때? 영진이한테 들었는데, 물리치료 받고 있다며? 괜찮나?"

현우가 붕대가 감겨 있는 왼쪽 발목을 보며 걱정스러운 표정을 했다.

"괜찮아요……."

"다행이다. 음? 솔이는 내가 그렇게 안 반가운 거 같은데?"

평소였다면 벌써 반가움에 눈물을 흘렸을 아이였다. 그런데 오늘은 표정의 변화가 별로 없었다.

현우가 고개를 숙여 이솔과 눈높이를 맞추었다. 그러고는 쓰게 웃었다.

"하긴, 내가 뭐 잘한 게 있어야지. 나쁜 대표님이니까."

"아니에요……"

이솔이 단호하게 고개를 저었다. 현우가 피식 웃었다.

"역시 솔이는 착하다. 나쁜 대표님은 아니라고 해주네."

"그때 대표님이랑 약속했잖아요. 울지 않기로."

"그래. 그랬었지?"

현우가 숨을 들이마셨다. 이 작은 아이가 궁지에 몰려 있던 어울림과 어울림 식구들을 구해내었다.

"솔아."

"네……"

"어울림을 지켜줘서 고맙다."

현우의 진심이 담긴 한마디에 이솔이 와락 현우의 품에 파고들었다.

느닷없는 이솔의 돌발 행동에 전국소녀 멤버들이 깜짝 놀랐다. 어울림 식구들도 마찬가지였다.

"……"

허공에서 잠시 방황하던 현우의 손이 이솔의 등을 천천히 토닥여 주었다. 현우가 조용히 입술을 열었다.

"곧 한국으로 돌아올게. 그때까지, 그때까지만 어울림을 부탁한다."

"네. 저 할 수 있어요."

"하하. 그래. 근데 솔이한테 어떻게 이 은혜를 갚지?"

현우가 물었다. 그러자 이솔이 현우의 품 안에서 작게 속삭였다.

"지금 이 순간만으로도 저는… 충분해요."

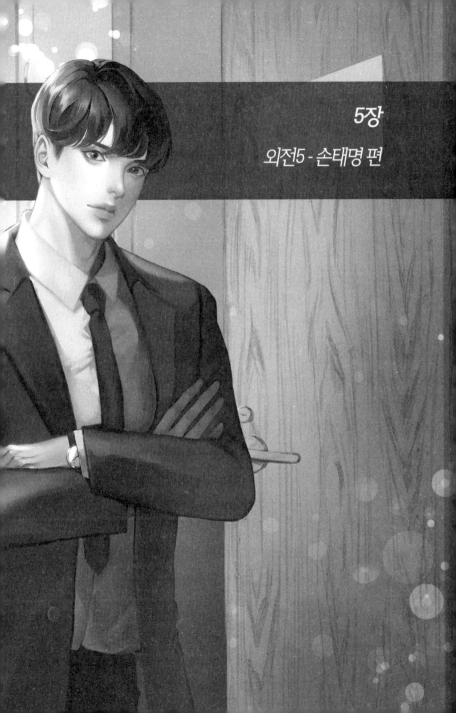

5장

외전5 - 손태명 편

"손 사장님은 이상형이 따로 있으신가요?"

"네?"

예상에 없었던 질문이었다. 넓디넓은 사장실이 순간 침묵에 휩싸였다. 갑자기 분위기가 싸해졌지만 모름지기 이상형이나 옛 인연에 대한 이야기는 여성 잡지의 단골 기사거리였다.

"…곤란한데요?"

"이상형을 묻는 게 곤란하신가요?"

기자를 비롯해 사진 기자까지 고개를 갸웃거렸다.

손태명이 부드러운 미소를 머금었다. 하지만 속으로는 한숨을 삼켰다. 가장 꺼려 하는 질문 중 하나가 이상형을 묻는 질문이었다.

지금까지 많은 인터뷰를 했지만, 한 번도 제대로 답한 적이 없었다.

"제 이상형이 그렇게 중요한가 싶어서 말입니다."

기자가 다시 심기일전 마음을 가다듬고는 말을 꺼냈다.

"네. 중요하죠. 국내 굴지의, 그리고 세계적인 엔터테인먼트 기업 어울림의 사장님이시고, 젊으시죠. 그리고 또 잘생기셨죠. 무엇보다 어울림 F4 멤버 중에서 손 사장님이 유일한 싱글이시잖아요?"

한때 많은 여성들의 사랑을 독차지했던 현우는 국민 소녀 송지유와 공식적으로 열애 중이었고, 인기를 끌었던 최영진도 김선영 아나운서와 만나고 있었다.

더군다나 얼마 전에는 무뚝뚝하기로 유명한 고석훈까지 품절이 되어버렸다.

"그러니 여성 팬들의 관심이 손 사장님에게 쏠리는 건 당연한 현상 아닌가요?"

"그렇습니까?"

"네. 그럼요. 그러니 많은 여성 팬들을 위해서 이상형을 말씀해 주세요."

"이거 참. 곤란한데요."

손태명이 쓰게 웃었다. 살짝 거절 의사를 내보이면 포기를 했던 기존의 기자들과 달리, 이 기자는 정말이지 쓸데없이 기자 정신이 투철했다.

기자도 애가 탔다.

손태명이 누군가? 방금 전 말했던 것처럼 능력이면 능력, 외모면 외모, 그리고 부드럽고 자상한 성품까지. 단점을 찾기가 어려운 남자였다.

무엇보다 간신히 따낸 특종이었다. 오늘이 아니면 한국에서 가장 바쁜 남자 중의 한 명인 이 사람을 볼 기회가 없었다.

"편하게 말씀해 주세요. 항간에 떠도는 오해도 푸셔야죠."

"…항간에 떠도는 오해요?"

손태명이 눈을 찌푸렸다. 손태명이 살짝 동요를 하자 기자가 눈동자를 빛내며 말을 잇기 시작했다.

"네. 김현우 회장님이 송지유 씨와 공개 연애를 하기 전에는 소문이 많았잖요. 뭐, 지금도 마찬가지고요."

"……."

손태명이 소태 씹은 표정을 했다.

기자의 말 그대로였다.

현우가 송지유와의 연인 관계를 밝히기 전까지만 해도 현우와 손태명 사이엔 별의별 소문이 다 돌고 있었다. 현우와 송지유가 공개 연애를 시작하고 나서는 안심을 했지만, 요 근래에 들어서는 고석훈과의 루머도 돌았었다.

물론 농담 반, 진담 반 섞인 팬들의 애정 어린 장난이란 것을 알고는 있었다. 그래도 당사자 입장에서 마냥 유쾌할 수만은 없는 일이었다.

"석훈이도 연애를 하는데, 아직도 그런 소문이 돌고 있습니까?"

"네. 아쉽게도? 혹시, 취향이 그쪽은 아니시죠? 이번 기회에 솔직히 말씀을 하셔도 좋지 않을까요?"

기자가 도발을 섞어 조심스레 물었다. 손태명이 쓰게 웃었다.

"그럴 리가요. 성소수자는 존중합니다만, 전 여자를 좋아합니다."

"그, 그러세요?"

기자가 살짝 얼굴을 붉혔다. 태명 선배라 불리는 손태명이 이런 말을 하자 왠지 닭살이 돋았다.

손태명이 의아한 얼굴을 했다.

"하아. 기자님마저 이러시면 곤란한데, 이러니 제가 조심할 수밖에요."

"죄송합니다! 제가 실례를. 그럼 오늘 인터뷰 이후로 오해를 깨끗하게 씻어버리시는 건 어떨까요?"

손태명이 천천히 고개를 끄덕거렸다.

빨리 이 지루한 인터뷰를 끝내고 조금이라도 쉬고 싶었다. 순간 여성 잡지 인터뷰 스케줄을 잡은 김철용이 생각이 났다.

'인터뷰 끝나면 보자, 김철용.'

생각을 마친 손태명이 기자를 쳐다보았다. 어쩌면 항간에 떠돌고 있는 루머를 종식시킬 수 있는 기회라는 생각도 조금은 들었다

"좋습니다."

"네? 정말요?"

기자가 반색을 했다. 마침내 특종을 잡아냈다는 생각이 들었다. 혹시라도 손태명이 마음을 바꿀까, 기자가 얼른 질문을 꺼내들었다.

"손 사장님은 어떤 여자분이 이상형이세요?"

손태명이 팔짱을 끼고는 머뭇거렸다. 한참을 머뭇거리다 손태명이 입을 열었다.

"마음이 따듯하고 성품이 바른 여자가 좋습니다."

"…네?"

탁, 맥이 풀렸다. 사진 기자도 덩달아 허탈해했다. 이 정도면 거의 '국영수 위주로 공부하면 서울대학교를 갈 수 있다'라는 발언과 다른 것이 없을 정도였다.

"손 사장님? 조금 더 구체적으로 안 될까요?"

"구체적이라……."

손태명이 얼굴을 찌푸렸다. 기자가 한숨을 내쉬며 말을 이어갔다.

"왜 있잖아요. 키가 크거나 아니면 아담하거나, 등등."

"아! 제가 그런 걸 잘 못해서 말입니다. 하하."

손태명이 애써 웃음으로 무마를 하려 했다.

"……."

기자의 이마에 살짝 힘줄이 돋았다.

이 남자, 기자들 사이에서 도는 소문처럼 정말 쉬운 상대가 아니었다.

다들 김현우 회장을 까다롭게 생각하고 있었지만 진짜배기는 바로 손태명 사장이었다.

"그냥 소문대로 기사 쓸까요?"

"예? 아뇨."

손태명이 화들짝 놀랐다. 그러더니 이내 진지한 표정을 했다.

"솔직히 말을 하자면, 이상형이라는 게 딱히 없어서 말입니다. 사람마다 고유의 매력은 다 다르니까요. 군이 이상형을 정해놓는 행위 자체가 어쩌면 수많은 기회를 제한하는 게 아닐까 싶어서요."

정말이었다. 태명 선배다운 발언이었지만 기자는 곤란했다.

"손 사장님, 기사를 쓰려면 구체적으로 서술을 해야 해요.

그래야 독자님들도 좋아하시거든요. 그럼 제가 구체적인 선택지를 드릴게요. 손 사장님은 편하게 선택만 해주세요. 네?"

"네. 그렇게 하죠, 뭐."

손태명이 승낙을 했다. 생각보다 더 질긴 기자였다.

"우선 짧은 머리 스타일이랑 긴 머리 스타일 중에 어떤 스타일이 좋으세요?"

"짧은 단발 스타일이 좋습니다."

"그럼 키가 큰 편이 좋으세요? 아니면 작은 편이 좋으세요?"

"큰 편이 좋습니다."

"귀여운 스타일이 좋으세요? 아니면 예쁜 스타일? 아니면 개성 있는 스타일?"

"귀여운 스타일로 하죠."

"활발한 스타일? 아니면 차분한 스타일이 좋으세요?"

"활발한 스타일로 하겠습니다."

"패셔너블한 스타일이 좋으세요? 아니면 단정한 스타일이 좋으세요?"

"패셔너블한 스타일로 하겠습니다."

"……."

노트북을 두들기고 있던 기자가 멈칫했다.

은근한 협박에 회유까지 해서 이상형 인터뷰를 따냈는데, 겨우 1분 만에 인터뷰가 끝나 버렸다. 무언가 허무했다.

손태명의 성의 없는 답변에 기자가 어금니를 깨물고는 물었다.

"마지막으로 물을게요. 유머 있는 스타일을 좋아하시나 봐요?"

"네, 뭐."

"네. 수고하셨습니다. 인터뷰에 친절하게 응해주서서 감사해요, 손 사장님."

기자가 꾸벅, 인사를 하고는 곧장 사장실을 나갔다. 쾅! 문이 거칠게 닫혀 버렸다.

"저 여자 성깔이 장난이 아니네. 후우. 어쨌든 눈 좀 붙이자."

손태명이 소파에 편하게 누웠다. 그리고 두 눈을 감았다.

＊　　　＊　　　＊

"으음."

소파에 누워 있던 손태명이 천천히 두 눈을 떴다.

천장에 매달려 있는 형광등이 두 눈을 강타했다. 절로 눈이 찌푸려졌다. 얼른 고개를 돌려 시계를 살펴보니 벌써 저녁 8시가 넘어 있었다.

똑똑. 그때 누군가가 사장실 문을 두드렸다.

"네. 들어오세요."

"야, 잤어?"

화려하기 그지없는 여자가 손태명을 쳐다보며 인상을 구겼다. 얼마 전, 어울림에 스타일리스트 2팀이 신설되며 팀장으로 합류를 한 이지혜였다.

이지혜는 현우와 손태명의 대학 동창 친구였다. 현우가 S&H 면접 대신 어울림을 선택하고, 손태명도 중간에 어울림으로 합류를 하면서 홀로 S&H에서 일을 했던 친구이기도 했다.

어울림이 신사옥을 완공시키고, 회사 규모가 커지면서 현우와 손태명은 가장 먼저 친구인 이지혜부터 찾았다.

그 후부터 이지혜도 스타일리스트 2팀의 팀장으로서 일손을 보태고 있었다.

"웅. 피곤해서 잠깐 잤다. 근데 넌 왜 퇴근 안 했어?"

"내일 스케줄 때 입힐 옷 좀 골라놓느라고. 신지혜, 그거 왜 그렇게 까다로워?"

"왜 날 원망해? 오냐오냐 다 받아준 김현우 탓이지."

"몰라. 맞는 말만 하니까 뭐라고는 못 하겠는데, 그 쪼그만 불여우 진짜."

이지혜가 툴툴댔다. 이름도 똑같으면서 신지혜와는 앙숙 관계였다. 손태명이 부드러운 미소를 머금었다.

"넌 배만 고프면 예민해지더라. 같이 저녁이나 먹을래?"

"그럴까? 손 사장이 쏘는 거?"

"그래. 나가자."

손태명이 슈트 상의를 챙겼다.

*   *   *

어울림 신사옥 근처 치킨 가게, 손태명과 이지혜가 서로를 마주보며 앉아 있었다.

"이 동네도 진짜 많이 변했어. 처음에는 완전 뒷골목이었잖아."

이지혜의 말에 손태명이 조용히 고개를 끄덕거렸다.

어울림 신사옥이 완공되면서 연남동은 문화와 관광의 중심지가 되어 있었다. 인근 상인들과 주민들도 어울림 사람들이라고 하면 다들 쌍수를 들고 환영해 줄 정도였다.

"생맥주 두 잔 나왔습니다!"

알바생 한 명이 우렁찬 목소리로 외치며 생맥주 두 잔을 테이블에 내려놓았다.

"손 사장님! 축하드립니다!"

뜬금없이 알바생이 축하 인사를 건네어왔다. 손태명이 어리둥절한 표정을 했다.

"축하라고 했어요?"

"네! 축하드립니다!"

알바생이 꾸벅 고개를 숙이고는 사라졌다. 잠시 후, 치킨 가게의 사장이 치킨을 들고 테이블로 다가왔다.

어울림 식구들이랑 가끔 찾는 곳이라 사장도 손태명과 안면이 있었다.

"하하."

손태명을 보자마자 사장이 웃기 시작했다. 그러더니 치킨을 내려놓았다. 손태명이 고개를 갸웃거렸다. 치킨이 한 마리가 아닌 두 마리가 놓여 있었다.

"저희 한 마리 시켰습니다, 사장님."

"오늘은 특별히 서비스입니다. 축하합니다, 손 사장님. 하하!"

기분 좋게 웃으며 치킨 가게 사장이 주방 쪽으로 사라졌다.

"태명 선배! 축하해요!"

옆자리에 앉아 있던 여성 팬들도 손태명에게 척, 엄지를 들어 보였다.

"아, 예. 감사합니다."

어색하게 인사를 한 다음 손태명이 이지혜를 쳐다보았다. 그러고는 조용히 물었다.

"왜 다들 축하를 한다는 건데?"

"너 뭐야? 기사 안 봤어?"

"기사?"

"갑자기 모르는 척? 난 너한테 직접 들으려고 사장실까지 찾아간 거였어."

"그러니까 대체 그게 뭔데?"

답답했다. 꼭 짐 캐리가 출연했던 영화 '트루먼 쇼'의 주인공이 된 것만 같은 기분이었다.

"핸드폰 꺼내서 직접 보세요, 손태명 씨."

"후우."

손태명이 슈트 상의에서 핸드폰을 꺼내 들었다. 그러고는 급히 포털 사이트에 들어가 보았다.

"……!"

툭, 너무 놀라 손태명이 그대로 핸드폰을 떨어뜨렸다. 테이블에 착지한 핸드폰 화면 속엔 특종 기사가 떠올라 있었다.

[어울림 F4 결국에는 모두 품절?! 태명 선배, 여성 잡지와의 인터뷰에서 열애 밝혀!]

[어울림 엔터테인먼트 손태명 사장! 원년 창업 멤버이자 스타일리스트 1팀 팀장 김은정과 열애!]

[단독 록종! 오빠 동생 사이에서 이제는 당당한 연인으로! 세기의 커플 또 탄생하나! 손태명♥김은정!]

어울림 엔터테인먼트의 사장이자 어울림 F4의 일원인 손태명 사장이 본 잡지와의 인터뷰에서 열애에 대한 '힌트'를 주었다. 본 잡지와의 인터뷰를 통해 손태명 사장은 이상형으로 짧은 단발머리 스타일에 키가 크며 귀여운 인상에 패셔너블하고 활발한 여성상을 선호한다고 밝혔다. 그리고 본 기자를 향해 유머가 넘치는 여성을 좋아한다며 넌지시 '힌트'를 주었다. …중략…

기사와 함께 김은정의 사진이 대문짝만 하게 실려 있었다. 그 밑에 댓글들이 빼곡했다.

—역시 태명 선배! 열애 사실도 이렇게 로맨틱하게 밝히시네! 부럽다.

—태명 선배, 당신은 대체…….

—와아. 김은정이랑 사귀는 거였어? 대박! ㅋㅋ

—세기의 로맨티스트. 이런 식으로 고백해 버리면 어느 여자가 안 좋아해? ㅎㅎ

—이 커플 지지합니다! 가즈아!

—어울림 F4 모두 품절… ㅠㅠ

—남은 건 김철용 팀장님뿐인가? 흑

—은정 언니 좋겠다. 친구는 송지유, 남친은 손태명 ㅠㅠ

"아, 아니! 이게 왜 은정이인데?! 왜?!"

손태명이 머리를 감싸 쥐었다. 머리를 감싸 쥐던 손태명이 다시 기사에 실린 김은정의 사진을 살펴보았다.

그러했다. 무심코 내뱉었던 말들을 조합해 보니 딱 김은정이었다.

*　　　*　　　*

쾅! 사장실 문이 거칠게 닫혔다.

넥타이를 거칠게 풀어버리며 손태명이 소파에 털썩 주저앉았다.

"……."

손태명의 시선이 노트북 화면으로 향했다.

잠시 망설이던 손태명이 노트북 전원을 켰다. 그리고 다시 포털 사이트에 들어가 보았다.

"이건 또 뭐지?"

손태명이 두 눈을 의심했다.

벌써 김은정과 자신을 두고 궁합에 사주팔자까지 분석해서 기사로 나와 있었다. 댓글들도 빼곡했다.

　

ㅡ궁합 99.9%면 천생연분 아님? ㅋㅋ

─오우. 궁합도 잘 맞고 사주팔자도 맞고 결혼하세요! 결혼!
^^

─김송딱에 이어 손김딱인가? ㅋㅋㅋ

─손김딱! 손김딱! 신나는 노래! ㅋㅋ

─태명 선배 지금쯤 흐뭇한 미소 짓고 계실 듯 ㅎㅎ

─ㅋㅋㅋㅋㅋㅋㅋㅋ 생각만 해도 재밌는 커플이네? 엄격 근엄 태
명 선배랑 휴머쟁이 김은정이라 ㅋㅋ

"하아. 나한테 왜 이런 시련이."

손태명이 소파에 머리를 기대곤 길게 한숨을 내쉬었다. 그
때였다.

똑똑. 누군가 사장실 문을 두드렸다. 순간 심장이 철렁했다.

"누, 누구시죠?"

손태명답지 않게 목소리가 떨렸다.

"오빠 여자 친군데요?"

"……."

손태명이 질끈 두 눈을 감아버렸다. 그랬다. 호랑이도 제
말 하면 온다고 김은정이 온 것이다.

"오빠 여자 친구니까 그냥 들어갈게요?"

사장실 문이 열리고 김은정이 모습을 드러내었다.

큰 키에 귀여운 얼굴, 그리고 짧은 단발머리에 어울림 간판

스타일리스트다운 패셔너블한 스타일까지.

무엇보다 손태명이 잡지사와의 인터뷰에서 밝힌 그 모습 그대로 김은정이 서 있었다. 너무 똑같아서 소름이 다 돋을 정도였다.

"하아. 내가 왜……."

손태명이 자책을 하며 혼잣말을 중얼거렸다.

성의 없는 인터뷰에 기자가 발끈해서 기사를 쓴 까닭도 있었지만 이렇게 김은정을 마주하니 정말이지 충분히 기사를 쓸 만하다는 생각이 들었다.

그사이 김은정이 손태명의 맞은편에 앉아 영화의 한 장면처럼 척, 다리를 꼬았다.

"뭐 하는 거야?"

"치명적인 척?"

도도한 표정을 짓는 김은정을 보며 손태명이 픽 웃어버렸다. 그러다 또 아차 싶었다. 특유의 유머러스함까지, 잡지사와의 인터뷰가 계속해서 떠올라 머리가 지끈거렸다.

"태명 오빠, 나한테 왜 그랬어요?"

영화 속 명대사를 따라 하는 김은정을 보며 손태명이 한숨을 내쉬었다.

"넌 이 상황에서도 농담이 나와?"

"나오네요. 김은정이니까? 근데 그런 식으로 고백을 할 줄은 몰랐네요. 역시 태명 선배!"

김은정이 쾌활하게 웃었다. 얼굴 가득 장난기가 끼어 있었다. 손태명 혼자 죽을 맛이었다.

"대충 한 달은 가겠지?"

"아뇨? 한 일 년은 놀릴 건데요?"

"일 년이나? 너무한 거 아니야?"

"이런 절호의 기회를 내가 놓칠 것 같아요?"

"설마 다연이도 기사 봤어?"

"회사 마당발인데, 다연 언니가 모를 리가 없잖아요. 벌써 통화하고 오는 길~"

김은정이 핸드폰을 흔들어 보이며 장난스러운 표정을 했다.

손태명이 팔짱을 꼈다. 어울림 최고의 악동들에게 두고두고 놀림을 받을 생각을 하니 암담했다.

그러다 문득 김은정을 쳐다보았다.

얼굴은 웃고 있었지만, 또 오래 알고 지낸 동생 같은 아이였지만 그래도 엄연히 김은정도 여자였다.

스캔들의 특성상 남자 쪽보다는 여자 쪽이 훨씬 타격이 더 컸다.

"괜찮아?"

"뭐가요?"

"뭐 여러 가지로. 사업적으로나 네 사생활적으로나."

"사업이야 잘 자리 잡았고, 내가 사생활이 어디 있어요? 투잡 뛰느라 죽겠는데."

"그렇긴 하지."

손태명이 고개를 끄덕거렸다. 어울림 스타일리스트 1팀의 팀장으로서, 또 의류 브랜드 회사의 사장으로서 정신없이 바쁜 나날을 보내고 있는 사람이 바로 김은정이었다.

"이거 뭐지? 지금 나 남자 있나 떠보는 거예요?"

"……."

"농담, 농담. 정색하지 말라니까요? 태명 선배답게 스마일~ 스마일~"

"후우. 넌 도저히 못 이기겠다. 그래도 다행이다. 사실 네 걱정 많이 했거든."

걱정을 했다는 말에 김은정이 두 귀를 쫑긋했다.

"내 걱정을 했어요?"

"넌 앞날이 창창하니까."

"와. 조금 감동받았다. 근데 오빠는 안 창창해요?"

"나야 뭐."

손태명이 쓰게 웃었다.

똑똑, 또 누군가가 사장실 문을 두드렸다.

"…들어오세요."

"저, 혀, 형님?"

김철용이었다. 김철용이 손태명의 눈치를 살피고 있었다.

"그냥 들어와."

"예, 예."

김철용이 쭈뼛거리다가 소파로 와 앉았다.

"죄송합니다, 태명 형님. 은정아, 정말 미안하다."

"철용아."

"예."

"그 기자 미친 거지? 아무리 내가 그렇게 인터뷰를 했다고 해도 말이야. 이런 말도 안 되는 기사를 내보내서 이런 식으로 엿을 먹인다고?"

손태명이 서늘한 목소리로 물었다. 차라리 화를 내면 좋으련만 더욱 차분해진 모습이 더 무서웠다.

"잡지사에 항의 서한 보냈습니다. 곧 정정 기사도 내보낼 거고, 그 기자도 징계를……."

"…됐다."

"예, 형님?"

"오빠?"

김철용과 김은정이 동시에 손태명을 불렀다. 손태명이 안경을 고쳐 썼다.

"이미 기사까지 나갔어. 그리고 대중들 반응들을 한번 봐."

손태명이 노트북 화면을 돌려 김철용과 김은정에게 보여주었다. 이미 대중들은 축제 분위기였고 열광의 도가니였다.

"이런 상황에서 하루도 안 돼서 정정 기사를 내보낸다고? 난 뒷감당할 자신 없다. 그리고 은정이 입장도 고려를 해야지. 여론이 조금 잠잠해지면 그때 정정 기사 내보내도 늦지 않아."

"와아⋯⋯."

김은정이 새삼스럽게 감탄을 했다. 역시 태명 선배다운 차분하고 논리적인 대응이었다. 그리고 여자인 자신의 입장을 생각해 주는 센스까지, 살짝 감동을 받은 김은정이었다.

"오빠⋯⋯."

"왜?"

"어떤 여자가 오빠를 만날지는 모르겠지만, 갑자기 부러워졌어요."

"그럼 네가 만나봐, 은정아. 형님도 은정이 어떠세요? 요즘 보기 드문 알파걸 아닙니까?"

김철용이 손태명과 김은정을 번갈아보며 물었다.

"철용 오빠도 참."

김은정이 얼굴을 붉혔다. 그리고 손태명은 티슈 통을 집어 들었다.

"나가!"

"예, 예!"

김철용이 후다닥 사장실에서 도망을 쳤다.

"......"

"......"

사장실이 고요했다. 김철용의 한마디 때문에 어색한 분위기가 계속해서 감돌았다.

"밥은 먹었어?"

결국 손태명이 먼저 말을 꺼냈다. 김은정이 고개를 끄덕였다.

"네. 오늘 회사 직원들이랑 회식 있었어요. 오빠는요?"

"큰 지혜랑 간단히."

"아하. 또 야근할 거죠?"

"그럴걸? 현우랑 시간 맞춰서 일하려면 어쩔 수 없으니까."

"김현우 나쁜 놈."

"하하."

느닷없이 현우를 공격하는 김은정을 보며 손태명이 웃었다.

"지유랑 전화했었어요. 그래 가지고."

"안 들어도 알겠다."

"오빠."

"응."

"그럼 당분간 공식적으론 연인 사이에요?"

김은정이 눈을 가늘게 뜨며 물어왔다.

"뭐 아주 잠깐이겠지. 그러니까 너무 걱정 마."

"와아? 철벽 치는 거 봐."

"철벽은 무슨 철벽이야. 너도 나한테 감정 하나도 없잖아."

"그럴걸요?"

"그럴걸요? 계속 나 가지고 장난칠래?"

"재밌는 걸 어떻게 해요? 다연 언니 장난감이 왜 요즘 오빠인지 오늘 알았다니까요."

"너도 나가."

손태명의 농담에 김은정이 자리에서 일어났다.

"예~ 예~ 나가겠습니다. 응? 오빠는 왜 일어나요?"

"너 술 마신 거 아니야? 그리고 늦었어. 데려다줄게."

"오~ 끝까지 태명 선배 모드? 멋있다, 멋있어!"

"후우. 이 화상."

손태명에 고개를 흔들며 먼저 사장실을 나섰다.

*　　　*　　　*

파란색 스포츠카가 어둠이 내려앉은 도로를 달리고 있었다. 운전대를 잡고 있는 손태명을 김은정이 물끄러미 쳐다보았다.

오늘따라 손태명이 새삼 다르게 보였다. 꽤 오래 알고 지냈고, 많은 것을 함께한 사이였지만 무언가 거리감이 느껴졌다.

"오빠."

"응."

"곰곰이 생각을 좀 해봤는데, 오빠에 대해서 은근히 아는 게 없는 거 같아요."

"그런가?"

"네. 그런데요? 현우 오빠로는 논문 정도는 쓸 수 있거든요? 근데 누가 오빠에 대해서 물으면 별로 할 말이 없을 거 같아요. 와~ 소름."

김은정이 양손으로 어깨를 감싸쥐었다.

그러고 보니 오랜 세월을 함께하면서 화를 내는 모습도, 웃는 모습도 그리고 감정을 드러내는 모습도 별로 본 적이 없었다.

뭐랄까. 늘 태명 선배다운 모습이었지만 지금 와서 생각해 보니 갑자기 서운했다.

"이성적인 사람이라 그런가?"

"난 모르겠다. 근데 네가 나를 언제부터 궁금해했다고 그래?"

"에이~ 오늘부터 공식적으론 연인 사이잖아요. 그러니까 그러는 건데?"

"그냥 내 호기심을 충족시키려는 건 아니고? 호기심 대마왕이잖아, 너."

손태명이 정곡을 찔렀다. 김은정이 어색하게 웃었다.

"이거 봐. 오빠는 나에 대해서 잘 알잖아요. 뭔가 불공평한 느낌이야."

"원래 세상은 불공평해."

"매정해."

김은정이 퍽, 손태명의 어깨를 쳤다.

"야? 너, 감정 들어가 있었다? 방금?"

"그러면 안 돼요? 오빠, 뭐 하나 물어도 되나요?"

"묻지 말고 물어봐. 어차피 내가 안 된다고 해도 물어볼 거 아니야?"

손태명이 또 정곡을 찔렀다. 김은정이 헤헤 웃다가 입을 열었다.

"오빠는 왜 여자를 안 만나요? 지금까지 오빠가 여자 만나는 걸 본 적이 없어요. 그러고 보니 여자 이야기를 하는 것도 못 본 거 같고."

가끔 품던 의문을 김은정이 솔직하게 털어놓았다.

"몰라."

"오빠, 혹시 진짜 현우 오빠 좋아하는 거 아니죠? 솔직하게 말해봐요. 내가 지유 절친이긴 해도 현우 오빠랑 오빠도 소중한 사람이에요."

"······."

손태명이 정색을 했다.

"아, 방금 건 농담. 아니면 여자한테 상처받거나 크게 데인 적 있어요?"

"······."

손태명이 쓱 고개를 돌렸다. 김은정이 잔뜩 기대를 한 채 눈을 마주쳤다. 드디어 손태명이 굳게 닫혀 있던 입술을 열었다.

"내려."

"네?!"

"내리라니까."

"오빠? 이러기 있어요? 젠틀한 태명 선배는 어디가고?"

"뭐라는 거야? 너희 집 다 왔어."

"아?"

김은정이 창밖을 보고는 얼굴이 새빨개졌다. 정말로 창피했다. 손태명이 또 고개를 흔들었다.

"하필 열애설이 나도 너랑 나냐? 정말이지 너랑은 안 맞는다."

"누군 맞는 줄 알아요? 에라이, 꿀밤이나 맞아라!"

김은정이 톡, 손태명에게 꿀밤을 날렸다.

"후우. 오늘은 내 잘못이 크니까 봐준다."

"그럼 한 대 더?"

"선 넘지 말자."

"…알았어요."

김은정이 스포츠카에서 내렸다. 그러고는 오피스텔로 들어가지 않고 손태명의 스포츠카를 지켜보고 있었다.

차를 돌리던 손태명이 창문을 내렸다.

"왜 안 들어가?"

김은정이 얌전히 두 손을 앞으로 모았다.

"여자 친구면 남자 친구가 갈 때까지 이렇게 지켜보고 있지 않아요?"

김은정이 한껏 조신함까지 연출을 했다.

손태명이 그 모습을 보고는 픽 웃어버렸다. 김은정도 그런 손태명을 보며 웃었다. 또 손까지 살랑살랑 흔들었다.

"이렇게 손까지 흔들던데?"

"하여간, 넌 못 말린다니까? 이제 간다."

스포츠카가 빠르게 김은정의 눈앞에서 사라져 갔다.

＊　　　＊　　　＊

"……."

스포츠카가 다시 어울림 사옥으로 향하고 있었다. 코코넛 톡! 스포츠카가 신호에 걸리자마자 코코넛 톡이 울려댔다.

  [은쩡: 오늘 데려다줘서 고마웠어요!]

  [손태명: ㅇㅇ]

  [은쩡: 답장에 성의 좀? 인터뷰도 성의 없이 대충 하다가 어떻게 되어버
렸죠?]

손태명이 픽 웃었다.

  [손태명: 뼈 때리지 마라.]

  [은쩡: 아니? 싫은데?]

  [손태명: 이제 말까지 놓는 거야?]

  [은쩡: 한동안 페이크 러브 할 텐데, 이 기회에 좀 친해지죠?]

  [손태명: ㅇㅇ]

  [은쩡: 신호 바뀌었죠? 얼른 고고! 가서 열심히 김밥놈이랑 ㄱ]

  [손태명: ㅇㅇ]

  웃음기를 머금은 채 손태명이 액셀에 발을 올려놓았다. 마
침 신호가 초록불로 바뀌려 하고 있었다.

  코코넛 톡! 그때 또 코코넛 톡이 올렸다.

  "또 뭔데?"

김은정인 것 같았다. 손태명이 살짝 핸드폰 대기 화면을 살펴보았다.

"······!"

그리고 그 순간 손태명의 입가에 머금어져 있던 웃음기가 싹 사라져 버렸다.

*　　　*　　　*

똑똑. 고요하던 사장실에 노크 소리가 울려 퍼졌다. 업무에 열중하고 있던 손태명이 만년필을 내려놓고 고개를 들었다.

그사이 사장실 문이 열렸다. 김은정이었다. 문을 열고 사장실로 들어온 김은정이 대번에 얼굴을 찌푸렸다.

"오빠!"

김은정이 빽, 소리를 질렀다. 그럼에도 불구하고 손태명은 차분했다.

"왜? 무슨 일인데?"

"술 냄새 이거 뭐예요? 어제 술 마셨어요?"

"······."

손태명은 대답을 하지 않았다.

김은정이 핸드백에서 향수를 꺼내 들었다. 그러고는 칙칙 사방에 향수를 뿌렸다.

"그렇게 말끔하게 차려입고 출근하면 모를 줄 알았죠? 내 코는 못 속이거든요?"

"그래. 미안하다."

손태명이 대충 대답을 하며 다시 서류를 살펴보기 시작했다.

전혀 개의치 않고 김은정이 아예 소파에 눌러 앉았다. 그리고 턱을 괸 채로 손태명을 빤히 쳐다보았다.

"뭔가 있는 것 같은데."

"……."

"어제 나 데려다주고 바로 집에 안 갔죠?"

"……."

"누구랑 마신 거 같지는 않은데? 오빠 원래 혼자 마실 때 아니면 술 과하게 마시지 않잖아요. 과하게 마셨다는 건 혼자 마셨다는 소리고, 혼자 마셨다는 건 무슨 일이 생겼다는 건데?"

그럴듯한 추리였다.

탁. 결국 손태명이 만년필을 내려놓았다. 그리고 김은정을 마주보았다.

"여자 친구 놀이에 재미 붙인 모양이네."

"매정해. 근데 그런 듯? 은근히 재밌는데요?"

김은정의 너스레에 손태명이 픽 웃어버렸다.

"술 마셨다니까 비타민 챙겨줘야지."

이번에는 김은정이 핸드백에서 비타민 통을 꺼내 들었다. 그런 다음에는 종류별로 비타민들을 모아 손태명 앞에 척 내밀었다.

"먹어요. 음주로 인한 신체 밸런스의 붕괴를 이 비타민들이 막아줄 거랍니다."

"······."

손태명이 물끄러미 김은정을 올려다보았다.

"이것도 여자 친구 놀이의 연장선인가?"

"네. 그럴걸요?"

"여자 친구 놀이, 뭐 나쁘지 않네."

손태명이 비타민 뭉텅이를 입안으로 털어 넣었다.

"여기, 물도 마셔요."

핸드백에서 생수병이 나왔다. 손태명이 단숨에 생수병을 비워냈다. 짝짝, 김은정이 박수까지 쳤다.

"참 잘했어요. 착한 어린이~"

"그럼 뭐 손등에 도장이라도 찍어주던가."

"오~ 그거 좋다!"

김은정이 얼른 핸드백에서 립글로스를 꺼내 들었다.

"손, 줘봐요."

손태명이 포기한 얼굴로 손을 내밀었다. 김은정이 손등 위에 자그맣게 엄지 모양을 그리기 시작했다.

"오빠."

"왜?"

"어제 무슨 일 있었어요?"

"아니, 없었어."

"자~ 다 됐다! 그럼 그만 물어볼게요. 어차피 이야기해 줄 사람도 아니고."

"그거 고마운데?"

"뭐든지 적당히 해야죠. 그게 나와 다연 언니와의 차이점이랄까?"

"그래. 고맙다."

"나가요. 점심이나 먹으러 가요."

김은정이 립글로스를 핸드백으로 넣으며 재촉을 했다. 손태명이 곤란한 얼굴을 했다.

"속이 좀 별론데? 꼭 먹어야 하나?"

"송지유 정식 먹으면 건강해질 거예요."

"하하."

김은정의 농담에 손태명이 쓰게 웃었다.

그때였다. 노크도 없이 사장실 문이 거칠게 열렸다. 그리고 친구인 이지혜가 나타났다.

"야!"

대뜸 손태명을 향해 소리부터 지르고 보는 이지혜였다. 이지혜가 뒤늦게 김은정을 발견했다.

"어? 은정이도 있었어?"

"네. 여자 친구 놀이 중이었어요."

"그래? 은정아 미안한데, 여자 친구 놀이는 조금 뒤에 하고 자리 좀 잠깐 비켜주면 안 돼? 나 이 자식한테 따질 게 있어."

김은정이 호기심 가득한 눈동자를 했다. 빈틈없기로 유명한 천하의 손태명에게 따질 것이 있다니, 호기심 대마왕의 욕구를 자극하고 있었다.

"갑자기 급 궁금한데."

"은정아? 플리즈?"

이지혜가 어금니를 깨물며 말을 했다. 김은정이 손으로 오케이 사인을 보냈다.

"알았어요. 밖에 앉아 있을 테니까, 폭력 사태라도 벌어지면 나 불러요, 오빠?"

"그래. 고맙다."

손태명이 쓰게 웃었다. 김은정이 사장실을 나섰다.

"야, 손태명."

이지혜의 표정이 어쩐지 싸늘했다. 손태명이 그런 이지혜를 보며 쓴웃음을 머금었다.

"너, 병신이야?"

"그럴 수도?"

"태연한 척할래? 어제 밤새 마셨지?"

"그럴 수도?"

"야! 너 진짜 또 왜 그래? 다 잊은 거 아니었어?"

이지혜가 잔뜩 화가 난 표정을 했다.

"다 잊었어."

"거짓말. 네 꼴을 봐봐! 꼭 그때 같잖아!"

"……"

시종일관 대수롭지 않은 반응을 보이던 손태명도 표정이 딱딱하게 굳었다. 이지혜가 씩씩거렸다.

"너 그때 나랑 현우한테 어떻게 했는데? 말도 없이 군대로 도망가 버렸잖아! 이번에도 그럴 거니?"

"……"

"왜 또 연락 받아준 건데? 걔가 나한테 어떻게 연락 왔는지 알아? 의기양양해서! 옛 추억에 젖어서 아주 난리 났던데? 내가 명색이 네 친군데 그 꼴을 봐야 해?"

"……"

손태명이 이마를 짚었다. 그리고 길게 한숨을 내쉬었다.

"오랜만에 온 연락이었어. 단순히 안부를 묻는 연락이었고, 다 정리된 마당에 답장 못 할 입장도 아니잖아."

"그래서? 근데 밤새 술 마시고 김현우한테 전화했어? 현우

가 너 걱정 많이 하던데? 나한테 각별히 챙기라고 할 정도였다
고!"

"하아. 김현우 입 싼 자식."

현우가 원망스러웠다. 그러다 문득 억울함이 밀려들었다.

"근데 왜 나한테만 그래? 넌 왜 연락 받아줬는데?"

"비교할 걸 해. 나한테는 한때 좋은 친구였었지만, 너한테
는 흑역사였어. 네 인생에 두 번 다시는 없을 흑역사."

"워워. 진정하고. 지혜야? 응?"

"됐고, 알아서 잘해라?"

"예, 누님."

손태명이 쓰게 웃으며 이지혜를 진정시켰다.

＊　　　　＊　　　　＊

"오빠는 어제 술 마셨으니까 건강에 좋은 송지유 정식, 나
는 어제 열심히 운동 했으니까 보상으로 배하나 정식."

"너만 왜 맛있는 거 먹는 건데?"

김은정에게 이끌려 구내식당으로 온 손태명이 작은 불만을
터뜨렸다.

"불공평하잖아? 너도 송지유 정식 먹어."

"아니? 난 배하나 정식 먹을 건데요? 있잖아요. 그리고 원래

연인 관계는 불공평한 거예요. 몰랐어요?"

"……."

"오빠? 오빠?"

"어? 응. 그래, 네 마음대로 해라."

"갑자기 왜 멍을 때려요?"

"아냐."

두 사람이 식판을 받아 들고는 자리를 찾기 시작했다.

그러다 손태명이 픽 웃고 말았다.

어울림 직원들이나 연습생들의 시선이 일제히 이곳을 향해 있었다. 대중들만큼이나 어울림 내에서도 두 사람의 열애설은 핫이슈인 것 같았다.

"관심 받으니까 좋네요. 지유가 이런 기분이려나?"

"너 관종이었어?"

"오빠, 사람은 누구나 관종이에요."

김은정의 철학적인 말에 손태명이 또 피식 웃었다.

그렇게 두 사람이 자리를 잡고 앉았다. 그런데 무언가 이상했다.

손태명과 김은정 쪽 자리로 아무도 오지 않고 있었다. 다만 손태명과 김은정이 앉아 있는 테이블 근처에 다들 이목을 집중시키고 있었다.

"태명 형님! 은정아!"

그때, 김철용이 식판을 받고는 반갑게 다가오고 있었다.

순간 사람들의 따가운 시선이 김철용에게 날아들었다.

좋은 구경거리를 망치지 말라는 압박들이 쏟아지고 있는 것이었다.

손태명과 김은정의 자리로 오던 김철용이 그대로 스쳐 지나가 다른 곳으로 앉았다.

그런 김철용을 보며 손태명이 또 픽 웃어버렸다.

"또 웃었네? 재밌죠?"

"그래. 관심 받는 것도 나쁘지 않네."

"자, 그럼 프로 관종으로서의 면모를 보여줄게요. 아~ 해봐요."

"아?"

"네. 아~"

"아."

손태명이 어색하게나마 입을 벌렸다. 김은정이 젓가락으로 도라지무침을 쏙 넣어주었다.

그러자 주변에서 자그마한 환호성이 나왔다. 연습생들 일부는 아예 사진까지 찍고 있었다.

손태명이 계속해서 픽 웃음을 머금었다. 김은정과 있으면 정신없이 웃기만 하는 것 같았다.

손태명의 시선이 김은정에게 향했다. 김은정도 볼이 빵빵해서 헤헤 웃고 있었다.

'후우.'

잠시뿐이었지만 왠지 모르게 마음이 편했다. 나쁘지 않은 기분이었다.

＊　　　　＊　　　　＊

[은쩡: 불금인데 뭐 하심?(1) 오후 8시 31분]

[은쩡: 야근은 안 하는 거 같던데?(1) 오후 8시 43분]

[은쩡: 이 사람 보게? 밀당 하는 거예요? 지금?(1) 오후 9시 1분]

[은쩡: 사진(1) 오후 9시 8분]

[은쩡: 기프티콘(1) 오후 9시 23분]

"뭐야? 칼답 전문가인 사람이 왜 읽지도 않는데?"

김은정이 불만 가득한 얼굴을 했다.

"안 되겠네. 최후의 수단이다!"

김은정이 핸드폰 화면을 두드리기 시작했다.

[은쩡: 야한 사진(1) 오후 9시 25분]

코코넛 톡을 보내고는 김은정이 씩 웃었다.

"낚여라. 낚여라."

최후의 수단을 썼음에도 '1'이 사라지지 않고 있었다. 은근히 걱정이 되었다.

[은쩡: 오빠, 혹시 사고 난 거 아니죠? 사무실에 산소가 부족하다거나, 아니면 노트북 화면이 터졌다거나 ㅠㅠ(1) 오후 9시 27분]

코코넛 톡! 누워 있던 김은정이 화들짝 놀라며 핸드폰을 들여다보았다.

[손태명: 내가 죽길 바라냐? 뭐야?ㅡㅡ]

[은쩡: 이승 탈출 넘버원 보니까 충분히 일어날 수 있는 일이더라고요! 괜한 걱정이 아님 ㅠㅠ]

[손태명: ㅋㅋㅋㅋ]

[은쩡: 뭐 하는데요? 난 여자 친구 놀이 중인데.]

[손태명: 누구 좀 만나는 중.]

[은쩡: 누구? 영진 오빠? 철용 오빠? 석훈 오빠? 정우 실장님?]

[손태명: 아니, 그냥 친구]

[은쩡: 지혜 언니?]

[손태명: 아니, 다른 친구]

순간 무언가 느낌이 싸했다.

누워 있던 김은정이 자세를 바로 하고 침대에 앉았다.

오늘 점심시간 무렵, 사장실을 찾아온 이지혜가 떠올랐다.

쿨하기로 유명한 게 이지혜였다. 그런데 잔뜩 화가 나서 사
장실을 찾아왔었다.

손태명도 평소와 달리 이상한 점들이 많았다.

절대 과하게 술을 마시지 않는 사람이 현우처럼 숙취에 절
어서 회사에 왔고, 또 하루 종일 무언가 생각에 잠긴 것 같은
표정이었다.

김은정의 눈동자가 날카롭게 빛나기 시작했다.

"느낌이 안 좋아. 뭔가 분명히 있어."

여자의 촉이 발동을 하고 있었다.

*   *   *

"귀여운 녀석."

손태명이 픽, 웃으며 핸드폰을 슈트 상의 안에 집어넣었다.
그러고는 눈앞의 커다란 호텔을 올려다보았다.

강남 번화가 한복판에 놓여 있는 호텔 밑엔 화려하고 고급
스러운 가라오케의 간판이 걸려 있었다.

"……."

손태명이 많은 생각에 잠겼다. 그때 손태명을 알아본 웨이터 한 명이 급히 달려왔다.

"어울림 엔터 손 사장님이시죠? 맞죠?"

"네. 그렇습니다."

"실물로 보는 건 처음입니다. 영광입니다! 친구라고 하더니 유리 누님 말씀이 진짜였네요!"

손태명을 살펴보며 웨이터가 잔뜩 들떠 있었다. 어울림 엔터의 손태명 사장, VIP 중의 VIP였다.

반면, 낯선 세계의 사람에게서 들려오는 익숙한 이름에 손태명은 기분이 묘했다.

"가시죠! 누님이 기다리십니다!"

"……."

손태명이 말없이 웨이터를 뒤따랐다.

지하로 내려가니 지상과는 다른 세계가 펼쳐졌다. 대리석과 화려한 장식들로 가득한 복도가 펼쳐졌다.

곳곳에 자리를 잡고 있는 룸에서 노랫소리들이 흘러나왔다. 웨이터가 손태명을 가장 끝 룸으로 안내를 했다.

"누님이 여기 계십니다."

"……."

웨이터가 문을 열어주었다.

"오랜만이야?"

다리를 꼬고 소파에 앉아 있던 미모의 여인이 손태명을 발견하곤 활짝, 웃었다.

"……."

하지만 손태명은 전혀 웃지 않고 있었다. 오랜만에 만나는 여인이 너무 익숙하면서도 낯설게 느껴졌다.

"잠깐만! 얘들아, 내가 말했던 그 첫사랑. 진짜 멋있지?"

이제야 주변이 보였다. 화려하기 그지없는 여자들이 손태명을 보곤 꺄꺄 소란스럽게 비명들을 질러대며 난리를 쳤다.

"내가 데리고 있는 애들이야. 내가 너랑 현우 자랑 엄청 했었거든! 와줘서 정말 고마워! 덕분에 체면 살았어!"

"……."

"너 아직도 낯 많이 가리는구나? 얘들아, 이제 나가봐. 난 첫사랑이랑 밀린 이야기 좀 해야겠다."

여자들이 아쉬워하면서 룸을 나섰다. 웨이터가 문을 닫아주자 단 둘만이 남게 되었다.

"와, 그 시계 진짜 비싼 건데, 진짜 성공하긴 했네? 축하해."

"……."

"그동안 연락 못 해서 미안해. 나 그 인간이랑 헤어졌어. 교수라는 인간이 끝까지 구질구질하게 굴더라? 이래서 유부남은 만나는 게 아니라니까? 차라리 너였으면 그렇게 안 했을 텐데. 나 후회 많이 했다?"

"……."

"뭐야? 왜 말이 없어?"

"서유리, 넌 여전하구나."

손태명이 마침내 입술을 떼었다.

이곳에 온 게 후회가 되었다. 일말의 기대를 품었던 스스로
가 한심했다.

그나마 남아 있었던 좋았던 기억의 파편들이 하나둘 도미
노처럼 무너져 가고 있었다.

"왜 그래? 우리 꽤 괜찮은 결말 아니었어?"

서유리의 말에 손태명이 쓰게 웃었다.

"괜찮은 결말이라. 넌 그렇겠지. 나 혼자 모든 결말을 감당
했었으니까."

손태명이 차갑게 대꾸했다.

들떠 있던 서유리가 한숨을 내쉬었다.

"미안해. 나도 그땐 어렸어! 정말로 그땐 간절한 사랑이었
고, 네가 날 쉽게 잊을 줄 알았어, 태명아."

"……."

"네가 그렇게 좋은 남자였다는 걸, 너무 늦게 알았어. 염치
가 없어서, 그래서 그동안 연락 못 했어! 그런데 기사를 봤어.
이제 괜찮겠다 싶어서. 그래서 연락했어. 웃으면서 볼 수 있을
것 같아서!"

"……."

서유리가 주르륵, 눈물을 흘렸다. 손태명이 굳게 입을 다물고는 아무런 말도 하지 않았다.

"개소리도 참 그럴듯하게 하시네?"

"……!"

갑자기 들려오는 목소리에 손태명이 고개를 돌렸다.

굳게 닫혀 있었던 룸의 문이 어느새 열려 있었다. 그리고 이지혜 옆에서 김은정이 우뚝 서 있었다.

"은정아?"

손태명이 두 눈을 의심했다.

귀엽기만 했던 김은정이 다른 여자가 되어 있었다. 그 어느 때보다 진한 화장에 그리고 검은색 가죽 재킷까지.

김은정이 천천히 걸음을 옮겼다. 또각또각. 15센치짜리 킬힐이 바닥을 두드렸다.

"이제부터 내가 알아서 할게요."

김은정이 손태명의 앞을 딱 가로막았다. 그러고는 팔짱을 낀 채로 서유리를 내려다보았다.

"지혜 언니한테 다 들었는데, 그쪽이 말로만 듣던 태명 오빠의 쌍년이시라고? 반가워요. 전 손태명 사장님의 여자 친구이자 둘도 없는 현모양처가 될 김은정이라고 합니다."

                    *   *   *

"……."

"……."

"……."

한바탕 폭풍이 지나가고 침묵이 감돌았다.

손태명은 두 귀를 의심했다.

밝고 착한 줄만 알았던 김은정이었다.

그런데 김은정이 확 달라져 있었다. 꼭 다른 사람 같았다.

"으, 은정아?"

손태명이 앞을 가로막고 있는 김은정의 어깨를 붙잡았다.
김은정이 살짝 고개를 돌렸다.

그러고는 생긋 웃더니 사뭇 엄한 표정을 지었다.

"내가 보고만 있으라고 했어요? 안 했어요?"

"어?"

손태명이 미처 대답할 새도 없이 김은정이 다시 고개를 돌
렸다.

"……."

느닷없이 쌍년이 된 서유리가 얼떨떨한 표정을 하고 있었
다. 반면 김은정은 썩소를 머금고 있었다.

정신을 차린 서유리가 소파에서 일어나 김은정을 차가운

시선으로 노려보았다.

"김은정 씨죠? 나 그쪽 잘 알아요. 그런데 뭔가 오해가 있는 것 같은데……."

"오해는 무슨 오해요? 아주 오예였겠지."

김은정이 싹둑, 서유리의 말을 잘라 버렸다.

"잠깐이나마 기분 좋았겠어요? 태명 오빠한테 쌍년짓이란 짓은 다 했는데도, 연락도 받아주고 이렇게 얼굴도 보러 와줬으니까? 속으로 쾌재를 불렀겠지. 여자 친구가 생겨도 얘는 날 못 잊는구나. 가능성 있겠구나. 그렇죠?"

"……."

서유리가 차마 대답을 하지 못했다. 대신 김은정을 노려볼 뿐이었다.

"오해라고 했죠? 오해라는 뜻을 지금부터 잘 설명해 줄게요. 태명 오빠가 그쪽 못 잊어서 여기 온 거 같아요? 아닌데요? 원래 태명 오빠는 이런 사람이에요. 차가운 것 같고 틱틱거려도 자기 사람, 자기 사람이었던 사람, 외면 못 하는 사람. 그러니까 현우 오빠 옆에서 그 고생을 했는데도 붙어 있었지. 그러니까 혹시나 하는 오해는 말아주세요. 혹시나 하는 기대도 말고. 우리 오빠 그쪽한테 관심 전혀 없으니까."

"이봐요? 당신이 나에 대해 그렇게 잘 알아?"

서유리가 김은정에게 따졌다. 김은정의 입꼬리가 쓱 올라갔다.

"잘 알지. 헌신하고 뒷바라지했던 남자 친구 뒤통수쳤던 쌍년. 간신히 잊고 잘 살고 있는 아무 죄 없는 남자 흔들려 하는 희대의 쌍년."

"어린년이 미쳤어? 야! 너 뭐야?!"

서유리가 도끼눈을 떴다. 김은정이 또 썩소를 머금었다.

"이제 본성이 나오네? 내가 왜 미쳤어? 미친 건 그쪽이지? 길게 말 안 할 테니까, 이쯤에서 태명 오빠 인생에서 사라져."

"네가 뭔데?! 네가 우리 사이에 뭐라고 끼는 건데?"

"여. 자. 친. 구. 됐지? 그러니 전 여친은 좀 꺼지지? 그쪽 자격 없잖아?"

"야!"

서유리가 손을 높이 들었다. 김은정이 질끈, 두 눈을 감아 버렸다.

"……?"

이상하게도 아무 일도 일어나지 않았다. 김은정이 살짝 눈을 떠보았다.

손태명의 듬직한 등이 가장 먼저 보였다. 그리고 손태명이 서유리의 손목을 굳게 붙잡고 있었다.

"……."

"태명아? 너, 가만히 보고만 있을 거야? 응?"

서유리가 눈물로 호소를 했다.

"…부탁이야. 좋았던 기억마저 더럽히지는 말자, 유리야."

"태명아……?"

결국 서유리가 스르르 바닥에 주저앉았다.

김은정이 속으로 쾌재를 불렀다.

하지만 이내 아차 싶었다. 뒤돌아선 손태명이 그 어느 때보다도 쓸쓸해 보였기 때문이었다.

손태명과 김은정의 눈동자가 허공에서 마주쳤다.

"오빠……?"

"…이제 가자."

"네? 네."

"지혜야, 유리는 네가 좀 달래줘."

"응. 먼저 가. 여긴 내가 수습할게, 태명아."

이지혜가 손태명의 어깨를 두들기며 말했다.

"그래."

손태명이 힘없이 고개를 끄덕였다.

그러고는 망설임 없이 문을 나섰다. 김은정이 조용히 손태명의 뒤를 따랐다.

*　　　　　*　　　　　*

딱!

캔 커피 뚜껑이 열리며 경쾌한 소리를 냈다.

손태명이 건네는 캔 커피를 받아 들고는 김은정이 조심조심 눈치를 봤다.

"……."

손태명이 말없이 캔 커피를 홀짝였다. 잠시 밤하늘을 올려다보던 손태명이 김은정을 바라보았다.

괜히 뜨끔해서 김은정이 소스라쳤다.

"왜, 왜요?"

진한 화장에 뾰족한 징이 박힌 가죽 재킷, 그리고 평소라면 신지도 않았을 킬 힐까지.

손태명이 김은정을 보며 픽 웃었다.

"왜 웃어요? 지금 창피해서 죽을 것 같거든요?"

"너 학교 다닐 때 놀았구나?"

"조금? 적당히? 근데, 오토바이는 안 탔어요."

"하하."

손태명이 소리 내서 웃었다. 김은정이 얼굴을 붉혔다.

"노, 농담인데? 나름 모범생이었어요. 진짜 노는 애들은 아까 그 여자 같은 애들일걸요? 참하게 생겨서 뒤에서 호박씨 까는 불여우 같은 애들."

"넌 너구리고?"

"너, 너구리요?"

김은정이 당황해했다. 손태명이 또 픽, 웃었다.

"네 얼굴을 봐봐. 꼭 너구리 같다."

"진짜요?"

김은정이 서둘러 손거울을 꺼내 들었다. 그리고 얼굴을 확인했다.

"응? 나쁘지 않은데? 내 입으로 이런 말 하긴 뭐하지만 화장도 잘 먹었고, 예쁜데요?"

"너구리 같다고 했지. 예쁘지 않다고는 안 했다."

"……."

김은정의 얼굴이 새빨개졌다.

손태명이 또 픽, 웃어버렸다.

"왜, 왜 나만 보면 웃어요?"

김은정이 괜히 발끈했다. 손태명이 쓴웃음을 머금으며 입을 열었다.

"모르겠다. 널 보면 그냥 웃음이 나와."

"그, 그래요? 내가 웃긴가? 아, 나 좀 웃기긴 하지."

"하하."

손태명이 또 한 차례 웃었다.

"은정이 너 장난 아니던데? 아침 드라마 보는 것 같더라. 유희도 울고 갈 정도였어."

"사실 유희 언니 드라마 할 때 유심히 보긴 했어요. 나중에 써먹으려고."

"김은정답네."

잠시 정적이 감돌았다.

김은정이 생각에 잠겨 있는 손태명을 쳐다보다 조심스레 말을 꺼냈다.

"오빠."

"응."

"나 잘한 거… 맞죠?"

"갑자기?"

"생각해 보니까 저년, 아니, 저 여자가 오빠 첫사랑이라면서요? 내가 재회를 망쳤나 싶어서 갑자기 미안해졌어요. …진짜 여자 친구도 아니고 여자 친구 놀이인데 내가 너무 주제넘었죠?"

김은정은 진심으로 미안했다.

손태명이 고개를 저었다.

"아니야. 고마웠다."

"네?"

"날 생각해서 여기까지 온 거니까."

"……."

"은정아, 고맙다. 이제 깨끗하게 정리가 될 것 같다. 네 덕분이야."

"그렇다면 다행이네요."

김은정이 손태명을 보며 웃었다. 그러고는 평소의 장난기 넘치는 표정을 했다.

"오빠."

"왜? 갑자기 불안한데?"

"오늘 오빠에 대해서 많이 알게 된 것 같아요."

"나에 대해서?"

"네. 완벽주의자에 바늘로 찔러도 피 한 방울 안 나올 사람인 줄 알았거든요? 근데 아니네요? 네가 웃으면 나도 좋아, 난 혼자여도 괜찮아. 이런 캐릭터일 줄이야. 그리고 좀 호구 같기도 하고. 재밌네."

김은정의 팩트 폭력에 손태명이 쓰게 웃었다.

"얼얼하네? 뼈 때리지 마라. 그래서 좀 별로지?"

"아뇨? 그래서 더 좋은데요? 어? 아! 뭐래!"

김은정이 화들짝 놀라며 얼굴을 붉혔다.

무심결에 본심을 말해 버리고 말았다.

김은정이 빨개진 얼굴로 폭 고개를 숙였다. 차마 손태명의 얼굴을 마주 볼 자신이 없었다.

"……."

손태명으로부터 끝내 대답이 없었다.

떨리는 마음을 억누르며 김은정이 살짝 고개를 들었다.

손태명이 말없이 웃고 있었다.

"은정아."

"네, 네. 네? 네! 네?!"

"대답을 몇 번이나 하는 거야? 늦었다. 가자."

"아? 네……."

김은정이 애써 실망감을 숨겼다.

하지만 이내 실망감을 지워 버렸다.

내색은 하지 않고 있지만 오늘 손태명이 얼마나 힘든 하루를 보냈는지를 알고 있기 때문이었다.

*　　　*　　　*

똑똑. 이른 아침 시간부터 사장실에 손님이 찾아왔다.

바쁘게 업무를 보고 있던 손태명이 고개를 들었다.

김은정과 김철용이 나란히 사장실로 들어왔다.

"태명 형님! 저희 왔습니다."

"아침부터 불러서 미안하다. 너구리도 일찍 왔네?"

"뉀."

김은정이 퉁명스럽게 대답을 했다.

어젯밤 일만 떠오르면 괜히 화가 나고 심술이 났기 때문이었다.

"아침은? 먹었고?"

"녜."

눈도 마주치지 않고 있는 김은정을 보며 손태명이 픽 웃었
다.

김철용은 영문도 모른 채 고개만 갸웃할 뿐이었다.

"서 있지 말고, 일단 앉아."

"녜."

김은정이 털썩, 소파로 주저앉았다. 서류 몇 개에 사인을 하
고는 손태명이 김은정을 쳐다보았다.

"은정아, 오늘은 여자 친구 놀이 안 해?"

"녜."

"섭섭한데? 은근히 기대하고 있었는데."

"녜."

김은정이 대충 대답을 하고는 순수건으로 소파 앞 테이블
을 닦는 시늉을 했다.

"하하. 하여간 저 녀석."

손태명이 그 모습을 보며 웃었다. 김은정이 그런 손태명을
불만스러운 얼굴로 쳐다보았다.

"이제 보니까 여자 친구 놀이가 아니고 광대 놀이였네, 광대
놀이."

"말이 심하다? 조금 더 자기 자신에게 긍지를 갖도록 해, 은
정아."

"눼~ 눼~"

똑똑. 또 누군가가 사장실 문을 두드렸다. 김철용이 얼른
소파에서 일어나 문을 열어주었다.

얼마 전 손태명과 인터뷰를 했던 여성 잡지의 기자와 사진
기자였다.

"느, 늦었습니다. 차가 막혀서."

"예. 뭐 그럴 수도 있죠."

김철용이 사람 좋은 미소를 지으며 기자를 안심시켰다.

기자가 불안한 표정으로 손태명을 살폈다.

홧김에 실은 기사가 들불처럼 번져 대한민국이 발칵 뒤집
혀 버렸다.

어지간한 기획사였다면 벌써 고소에 손해배상에 난리를 쳐
도 이상하지 않을 일이었다.

"사, 사장님. 정말 죄송합니다! 죄송합니다!"

"죄송합니다!"

기자에 이어 사진 기자까지 손태명 앞에서 연신 고개를 숙
였다.

만년필을 내려놓고는 손태명이 깍지를 꼈다.

"이미 지나간 일입니다. 사과는 받은 걸로 하고 대신 후속

기사는 알아서 잘 내보내 주시면 됩니다."

"네! 손 사장님!"

사진 기자가 간단하게 장비들을 세팅했다. 손태명이 자리에서 일어나 슈트 상의를 걸치고는 소파에 앉았다.

"은정아, 내 옆으로."

"네."

김은정이 손태명의 옆에 앉았다.

"아직도 화 난 거야?"

"네."

퉁명스럽게 대답을 하고는 김은정이 손태명과 눈도 마주치지 않았다.

손태명이 쓰게 웃으며 기자를 쳐다보았다.

"인터뷰 시작하죠, 기자님."

기자가 노트북을 무릎에 올려놓고는 고개를 끄덕였다.

"네. 그럼 인터뷰 시작하겠습니다. 먼저 김은정 팀장에게 물을게요. 손태명 사장님에 대해서 어떻게 생각을 하시나요?"

"손 사장님요?"

거리가 느껴지는 호칭에 손태명이 평소처럼 픽 웃었다.

김은정이 손태명을 한차례 흘겨보고는 기자를 쳐다보았다.

"여러분들도 다 아시다시피 능력도 좋고 외모도 훌륭하고 전형적인 young&rich? 근데 여러분들이 아셔야 할 게 있어요. 이 남자, 성격에 좀 문제가 있어요. 일단 여자 보는 눈이 제로에 가까워요. 차라리 남자를 좋아하는 게 나을 수도? 그리고 여자 마음도 잘 몰라요. 자기중심적이고 여자 마음은 안중에도 없는 겁쟁이랍니다. 흥!"

"……."

"……."

기자를 비롯해서 사진 기자까지 놀라움에 입을 다물지를 못했다.

"은정아? 유머치곤 좀 센데?"

김철용도 애써 웃고 있었다.

김은정을 제외한 모두의 시선이 손태명에게 쏠렸다. 손태명이 픽 웃으며 김은정에게 물었다.

"은정아, 진심이야?"

"녜."

김은정이 심술을 가득 담아 대답했다. 그러고는 홱 고개를 돌렸다.

기자가 간신히 멘탈을 부여잡은 채로 손태명에게 질문을 던졌다.

"소, 손태명 사장님은 김은정 팀장을 어떻게 생각하고 계시나요?"

손태명이 슥, 팔짱을 끼며 잠시 생각에 잠겼다.

김은정이 불안한 얼굴로 그런 손태명을 쳐다보았다.

이쪽에서 먼저 선방을 쳤으니 후환이 두려웠다.

손태명 성격상 팩트로 멱살을 잡을 게 분명했다.

잠시 생각을 하던 손태명이 마침내 입을 열었다.

"생각할 게 좀 많아서요. 일단 보시다시피 은정이는 예쁩니다. 저번에 제가 인터뷰했던 것처럼 완벽한 저의 이상형이죠. 특히 너구리를 닮은 게 너무 귀여운 것 같습니다."

"어, 어?"

김은정이 화들짝 놀라며 손태명을 쳐다보았다. 하지만 손태명은 태연했다.

기자도 사진 기자도, 심지어 김철용도 눈 하나 깜짝하지 않고 있었다.

그사이 손태명의 말이 계속해서 이어졌다.

"정말 귀엽죠? 아, 사진 보여 드려야겠네요."

손태명이 핸드폰을 꺼내 어젯밤 중무장 상태의 김은정을 친히 보여주었다.

사진기자가 열심히 핸드폰 속 김은정을 찍어댔다.

"그리고 은정이만 보고 있으면 늘 웃음이 끊이지를 않죠. 무언가 마음이 편해요. 흐뭇하기도 하고. 또 사람을 편하게 해주는 능력이 있습니다. 여자 친구 놀이라고 저희 둘이 이름 붙인 놀이가 있는데, 정말 재미있어요."

"여자 친구 놀이요?"

기자가 고개를 갸웃했다.

"네. 말 그대로 여자 친구 놀이입니다. 가끔 장난감이 되는 것 같긴 하지만 나쁘지 않아요. 아, 제가 너무 설명이 길었나요?"

손태명이 잠시 말을 끊고는 김은정의 어깨에 팔을 둘렀다.

"오, 오빠?!"

김은정이 그대로 얼어붙었다. 아까 전부터 머릿속이 멍했다.

간신히 정신을 부여잡은 김은정이 손태명의 귀에다가 속삭였다.

"뭐 하는 거예요? 미쳤어요? 내가 좀 삐졌다고 이런 식으로 막 나가는 거예요?"

그런 김은정을 보며 손태명이 부드럽게 웃었다.

"은정아."

"네. 뭔데요?"

"지금 너랑 내가 정식으로 교제를 한다고 인터뷰를 하고 있는 거야."

"네, 네에?!"

김은정이 그대로 소파에서 벌떡, 일어났다. 대체 무슨 말을 하는지 아직도 이해가 되지 않았다.

손태명도 천천히 자리에서 일어났다. 그러고는 그대로 김은정을 꼭 껴안았다.

"은정아."

"오빠?"

손태명의 품에 안긴 김은정이 왈칵, 눈물을 쏟았다.

너무 갑작스러웠지만 어쩐지 손태명의 품이 편하고 따듯했다.

손태명이 조심히 김은정을 품에서 떼어놓았다. 그러고는 김은정의 두 눈가에 맺힌 눈물을 닦아주었다.

"여자 친구 놀이 앞으로도 쭉 부탁한다."

손태명이 픽 웃으며 말했다.

하지만 두 눈동자에는 따듯함이 가득 담겨 있었다. 김은정이 힘차게 고개를 끄덕였다.

"네! 좋아요!"

김은정이 헤헤 웃었다. 그러다 갑자기 김은정이 눈을 크게 떴다.

"마, 맞다!"

김은정이 다급한 얼굴을 했다. 그러고는 황급히 기자를 쳐다보았다.

"기자님! 저 인터뷰 다시 할게요! 제발요!"

"하하."

발을 동동 구르는 김은정을 보며 손태명이 크게 웃었다.

『내 손끝의 탑스타』 17권에 계속…

초대형 24시 만화방

신간 100%, 샤워실, 흡연실, 수면실(침대석), 커플석, 세탁기 완비

■ 광명 광명사거리역점 ■

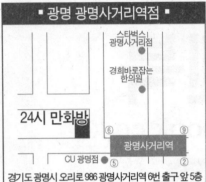

경기도 광명시 오리로 986 광명사거리역 6번 출구 앞 5층
02) 2625-9940 (솔목타워 5층)

■ 강북 노원역점 ■

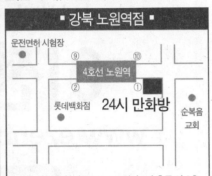

서울 노원구 상계동 340-6 노원역 1번 출구 앞 3층
02) 951-8324 (화용빌딩 3층)

■ 일산 정발산역점 ■

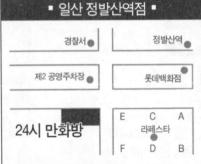

라페스타 E동 건너편 먹자골목 내 객잔건물 5층
031) 914-1957

■ 일산 화정역점 ■

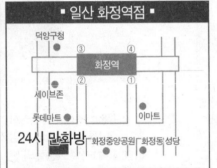

경기도 고양시 덕양구 화정동 984번지 서일빌딩 7층
031) 979-4874 (서일사우나 건물 7층)

■ 부천 역곡역점 ■

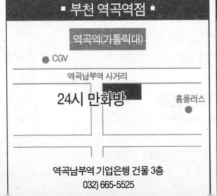

역곡남부역 기업은행 건물 3층
032) 665-5525

■ 부평역점 ■

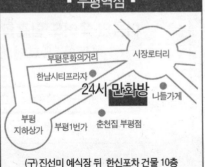

(구) 진선미 예식장 뒤 한신포차 건물 10층
032) 522-2871

기적의 환생

MIRACLE LIFE

박선우 장편소설

FUSION FANTASTIC STORY

"한 사람의 영웅은 국가를 발전시키기도,
타락시키기도 한다"

믿었던 가족들의 배신으로 모든 것을 잃은 최강철.
삶의 의미를 잃은 그는 결국 죽음을 선택하는데…….

삶의 끝자락에서 만난 악마 루시퍼!
그와의 거래로 기억을 가진 채 고등학생 시절로 되돌아간다.

다시 얻은 삶.
나는 이전의 비참했던 삶을 뒤로하고 황제가 되어
세상을 질주할 것이다!

한의 韓醫 스페셜 리스트

가프 장편소설

FUSION FANTASTIC STORY

돌팔이 소리만 듣던 한의사 윤도.

달라지고 싶은 마음에 찾아간 중국 명의순례에서
버스 추락 사고에 휘말리고 마는데…….

구사일생으로 살아 돌아온 지 30일.
전에 없던 스페셜한 능력들이 생겼다?

초짜 한의사에서 화타, 편작 뺨치는 신의로!
세상의 모든 질병과 인술 구현에 도전한다!

Book Publishing CHUNGEORAM

유행이 아닌 자유추구
WWW.chungeoram.com

침략자 장편소설

FUSION FANTASTIC STORY

작가 정규현

출판 작가 정규현,
완결 작품 4질, 첫 작품 판매 부수 79권

"작가님, 이건 좀 아닌 것 같습니다."

"대마법사, 레이드 간다! 5권까지만 종이책으로 가고
6권은 전자책으로 가겠습니다."

"15페이지 안에 흥미를 유발하지 못하면 계약은 없습니다."

언제나 당해왔던 그가 달라졌다?
조기 완결 작가 정규현의 인생 역전기!

Book Publishing CHUNGEORAM

유행이 아닌 자유추구 -
WWW. chungeoram.com